愿将来的你，感谢现在的自己。
让硬邦邦的世界，不至于硬到心里，让软弱的心，不至于软到塌下。

愿你 和 这个世界 握手言和

YUAN NI HE ZHE GE SHI JIE
WO SHOU YAN HE

夏林溪 著

中国出版集团
现代出版社

每个人真正强大起来，都要度过一段没人帮忙，没人支持的日子。所有事情都是自己一个人撑，所有情绪都是只有自己知道。但只要咬牙撑过去，一切都不一样了。

有时候日子会很难挨的，像头顶乌云行走，无论奔跑、蹲下、闪躲，都没有阳光。但是人生需要自带希望，坚定不移地认为一切都会好，心灰了，就什么都好不了了。天上有光，会照在你身上，你心里有光，就会照在路上。

即使以为自己的感情已经干涸得无法给予，也总会有一个时刻、一样东西能拨动心灵深处的弦，我们毕竟不是生来就享受孤独的。

直到后来，我才明白，我们缺少的只是一种成熟生命的、无须言语、不必声张的稳重与大气，一种高贵灵魂的、历遍劫数、洗尽铅华的恬淡与安宁。

这世界有猝不及防的夜路，每逢一片漆黑的时候，就当作睡前关了灯。跟自己说晚安，天总会亮的。

人生遇到的每个人，出场顺序真的很重要，很多人如果换一个时间认识，就会有不同的结局。所以缘分让彼此相遇，就要珍惜。

我们领教了世界是何等凶顽，同时又知道世界也可以变得温存和美好。

目 录
c o n t e n t s

第四辑　　从来都没有对错，
　　　　只有理解的不同

第六辑　　愿将来的你，
感谢现在的自己

前 言
preface

··
··
··
··········

　　时光越老，人心越淡。曾经说好生死与共的人，到最后老死不相往来。

　　岁月是贼，总是不经意间就偷走许多属于你的珍宝：美好的容颜，真实的情感，幸福的生活。

　　也许我们无法做到视若无睹，但也不必干戈相向。毕竟谁都拥有过花好月圆的时光，那时候，我们就要做好有一天被洗劫一空的准备。

　　无论走到生命的哪一个阶段，都该喜欢那一段时光，完成那一阶段该完成的职责，顺生而行，不沉迷于过去，不狂热地期待着未来，生命这样就好。

　　不管正经历着怎样的挣扎与挑战，或许我们都只有一个选择：虽然痛苦，却依然要快乐，并相信未来。

　　每个人都会有一段异常艰难的时光，生活的窘迫，工作的失意，学业的压力，爱得惶惶不可终日。

　　挺过来的，人生就会豁然开朗；挺不过来的，时间也会教你怎么与它们和解，所以你不必害怕，认真向前就好。

　　人生需要规划，但是意外总是会不期而遇，与其强求某时、某地达到某个目标，不如顺其自然。

　　离开一个地方，风景就不再属于你；错过一个人，那人便与你无关。落花本来无意，流水本也无情。转身的那一秒开始，我的幸福，便与你无关。

　　如果一个人能够坚定地活在一个宽容和理解的世界里，那么，那些所谓的烦恼，终将会转化成安宁和开心，甚至转化成让你内心强大的力量。

人生是一场永不落幕的演出，我们每一个人都是演员，只不过，有的人顺从自己，有的人取悦观众。

不要轻易去依赖一个人，它会成为你的习惯；当分别来临，你失去的不是某个人，而是你精神的支柱。无论何时何地，都要学会独立行走，它会让你走得安理得。

逐渐懂得，每一个出现在生命里的人，都是有原因的。有些人出现了，又走了，然后一切回归原点，只多了一份沉甸甸的回忆。时光的打磨，没有让它暗淡。

那些出现在我们生命里的人，不论属于爱情还是友情，都同样刻骨铭心。他们教会你勇敢，教会你坚强，教会你等他们全部离开时，你可以一个人向前走，不害怕，不迷茫。

如果可以的话，我希望你不要再为了那些离开你的人而无谓的感伤。因为你要知道，时间会替你过滤掉那些伪装成友人的路人，只留下真心对你好的人。

逐渐懂得"知足常乐"，也可以很简单。四季冷暖，有人叮咛你

Modern Times

乔
木

这个世界是简单还是复杂,

常常不取决于世界本身,

而是取决于你和它相处的方法。

你用复杂的办法对付它,

它会呈现出无比的复杂;

你用简单的办法和它a相处,

它就回馈出奇的简单。

很傻地喜欢过一个人，就是那种不求天长地久只求曾经拥有的喜欢。
即使是这么幼稚的喜欢，还是不容易忘记。

暗恋的那个人吃起醋来往往最凶，
大概就像橱窗里那件想要太久的衣服，最后却被别人买走。
执念太深，就以为自己拥有过。

加衣；生活劳碌，有人嘱咐你休息，足矣。

　　精神有了寄托，委屈可以诉说；心灵有了归宿，人生不再漂泊，情感有了慰藉，生命不再寂寞；纵然只有简单的语言，却体贴暖心；纵然只有虚幻的存在，却感动无限。

　　逐渐理解了"时间会带走一切"的真意。原来，时间并不会真的帮我们解决什么问题，它只是把原来怎么也想不通的问题，变得不再重要了。

　　逐渐理解了什么叫"过期作废"。大部分的东西都有期限，而所谓无限，也只能到某种程度。为一个人受苦，只能受苦到某种程度。然后，你会醒悟，不再蹉跎岁月。思念一个人，只能思念到某种程度。当思念长久地落空，你早晚会绝望。无论多么爱一个人，也只能爱到某种程度。

　　不必沉溺于路上的鲜花，要继续前行，鲜花会在你所有的道路上兀自绽放。

　　时间是一种极好的东西，会让你原谅了不可原谅的，过去了曾经

过不去的。也许你偶尔想回到从前的时光，但你知道，人始终要学会
向前看。

一切都会过去，明天每个人又将各奔前程。生命无所谓长短，无
所谓欢乐哀愁，无所谓爱恨得失。一切都会过去，像那些曾经怒放过
的花儿，那些潺潺经过岁月的流水。

总有一天，你要和过去岁月的所有记忆、不安、孤独和所有不悦
的人和事，相安无事地握手言和。

每一个优秀的人，
都会有一段 孤独的时光

狮子不怕孤独，所以强大；
羚羊喜欢群居，因为弱小。
人生无处不修行，
能在孤独中心静如水，
才能在纷扰里安然无恙。

喧 嚣 是 这 个 世 界 的 外 表 ，
孤 独 才 是 它 的 灵 魂

每一个强大的人，都咬着牙度过一段没人帮忙、没人支持、没人嘘寒问暖的日子。
过去了，这就是你的成人礼；过不去，求饶了，这就是你的无底洞。

1

　　有这样一个女孩，她在情场上屡败屡战，可她还是给自己挂起了结婚倒计时牌。

　　朋友问她为何着急结婚。

　　她说："最主要的原因是，结婚之后，我就不会再有孤独感。"

　　朋友对她说，"孤独是生命里必有的黑暗，它无法穿越，也不可战胜。我们能做的就是与它平静地共处。"

　　如果我们明白了这一点，我们会觉得，其实人不需要那么多东西：名声、金钱、奢侈品、朋友或者爱情、婚姻。至少，可以随遇而安，因为我们用这些东西对抗孤独，却没法获胜，其实也不需要获胜。

2

你有没有听说，一位68岁的老人独自在家，寂寞到按马桶玩，两个月冲走了98吨水？那是我们的影子。

你有没有听说，一个失恋的美国人把电话号码贴遍纽约城，引来了6.5万个来电？那是寂寞的回声。

我们有爱，以抵抗孤独的侵袭；但爱不是万能的，到头来孤零零面对的终究是自己。

因为我们是人类。

喧嚣只是这个世界的外表，而孤独，才是它的灵魂。

人的生活因过分孤独而恐惧，人的内心因缺失孤独而平庸。

众人皆知的孤独者，如张爱玲和塞林格。晚年的张爱玲将自己与世界隔绝。在异国他乡离群索居，不接电话不见人；为躲跳蚤之患，在汽车旅馆和公寓间打转，20年搬了不下200次家，极少人知晓其行踪。1995年，张爱玲被公寓守门人发现卧于地毯上，过世已经3天。

她早就说过："我有时觉得，我是一座孤岛。"这座岛未免太孤绝。

塞林格是另一座孤岛。他"守望"过麦田之后，隐居到科尼什镇一座小山顶上，并把试图曝光他生活的人都告上法庭，不管是好友、前妻还是女儿。

他投身印度教、佛教、基督教等数十个宗教，试过瑜伽及各种心灵疗法，把生活的目标锁定自己的内心。60 年后，塞林格老死在自己的小屋。

人天生是孤独的，与生俱来，终老相伴。

意大利一位物理学家有篇小说《质数的孤独》，写少年男女或因受人排挤而自卑，或因良心谴责而自闭；他们由孤寂而相爱，因孤独的困扰而分手，多舛的命运正呼应了小说的名字。

我们知道，质数只含 1 和自身两个因子，在自然数的无穷序列中处于孤独的位置，哪怕离得最近也相互隔离而无法靠拢。

人类也是质数的一群，人人走得很近，却又离得很远；相遇不能相守，相爱不能相知；心灵的隔膜让我们无法牵手，所有的机会都从指缝间滑过，只有孤独留给了自身。

那是我们永远无法摆脱的劫。

摊开人生的手掌，同时落满的是阳光和风雪，在这孤独时刻会使我们变得成熟、深刻，使心灵触觉深入生命的内核，审视自己，在距离上加以调整，俯瞰人生，从而获得自信和力量。

当喧嚣的世界已经沉睡，让我们静下心来，谛听自己孤独的心跳；唯一陪伴它的是时间的脚步。哦，时间——那才是孤独的主宰！

一位作家写道："草大概要用五年时间，长满被人铲平踩实的院子。风四十年吹旧一扇门上的油漆。雨八十年冲掉墙上的一块泥皮。蝼蚁用一千八百年毁掉厚实的墙根。"

看，时间不怕孤独，它只是独步前行。

每 一 个 优 秀 的 人 ，
都 会 有 一 段 孤 独 的 时 光

每个人真正强大起来都要度过一段没人帮忙，没人支持的日子。
所有事情都是自己一个人撑，所有情绪都是只有自己知道。
但只要咬牙撑过去，一切都不一样了。

1

真正优秀的人和大多数人是不一样的，他不会向大多数人看齐。

当大多数人在游戏人生时，他在刻苦读书，几年后，你发现他是唯一在那次征文大赛获奖的人；当大部分人空闲时间无所事事时，他在为自己的第二职业打拼，几年后你发现他自己另外开公司了；当大部分人早上集体梦游时，他早已经在自己的腿上悄悄地绑上了沙袋，一年下来，他的健康状况远远超过了大家……他就是郭敬明，一个从小城里走出来的成功男孩儿。

我们习惯于拿"别人也这样"说事，和众人保持一致，似乎有一种安全感。但是正是这种安全感，让我们失去了优秀的可能性。

不管我们有意还是无意，我们总是习惯于这样合群、这样与众人同步，殊不知真正的优秀人物都是孤独的，因为他选择的路走的人少，甚至只有他一个人在走。

2

每个人都不是你所看到的那个样子，他们都是一边是长着翅膀、纯洁善良的天使，一边是长着夜叉、面目狰狞的恶魔。

他们心中的脆弱和胆小，他们不想承认的虚荣和懦弱，都躲在了那些光鲜之下。

他们也有潦倒的时候，他们也看过人间的疾苦，他们也会在选择前犹豫，他们也曾愚蠢地放弃机会，他们也在对自己的下属横眉冷对时，突然想起曾经也有人这样对待过自己。

所以不要只是看到那些优秀之人头上的光环和荣耀，更应该认清在他们优秀背后，曾经承受过的芬芳又高贵的孤独。

毕加索的名画《拿烟斗的男孩》是世界上最珍贵的油画，1.04亿美元的拍卖价至今仍是天价。毕加索创作它时只有24岁，那时他刚到法国蒙玛特高地，也许那时他还怀着一腔单纯的热情，也许还有许多纯粹的寂寞，所以，这幅画里少年的寂寞也是那样高不可攀。

孤独可以使你静观世界，不受干扰地认识真理和发展你的事业。所有天才和有性格力量的人都是孤独的：离家出走的托尔斯泰、隐进太平洋的高更、骑青牛西出函谷关的老子……

生活中，我们偶尔会遇到这样的事情：和某人吃过无数次饭，仍然只是点头之交；手机里存了三百个电话号码，却不知可以拨哪个号码，倾诉深夜里突如其来的伤感……

孤独感成了生活里最固执、最持久的一部分，而与之对峙、战斗、和解又几乎将贯穿我们的一生。没有多少人能做到像卡夫卡那样，享受孤独，甚至渴求孤独，正如他所说："与其说我生活在孤独之中，倒不如说我在这里已经得其所哉。"

实际上，每一个优秀的人，都会有一段孤独的时光。

当一个人真正孤独地面对自己，开始思考时，这个人就开始成熟了，才有了创造的可能性。

每个人都希望自己优秀，但似乎每个人都不愿意去孤独。这个年代，很多人憧憬的是物质、名誉与享受，却很少去关心自己的内心需要的是什么。

真正优秀的人往往觉得自己是孤独的，也会认为自己的优秀来源于自己的孤独。

看一个人优秀不优秀，只要看他在孤独的时候在做什么，是手足无措还是镇定自若，是折腾还是享受？

优秀的人往往在自己的心中有那么一段或几段孤独的时光，可能并不愿意再去重复，但却愿意让那种回忆停留在记忆的某一处，不轻易说，但却是自信的根基。

有人虽然独处但心是浮躁的，有人虽处人群中依然是孤独的，真正的孤独是一种专注于自己的状态，既非自私亦不是自大，而是享有自己心灵的空间不被外界打扰。

认知人生在世本质上是孤独的，那么以后遇到孤独时，也不会再长吁短叹了。

孤独不是装饰出来的。为显示卓尔不群而有意同周围格格不入的人是可笑的。斤斤计较得失和脾气乖戾的人也可能孤独，但这种孤独是市侩气息的猥琐孤独。

芬芳的孤独只建立在高水平的审美素养、对事物独特的认识能力和对人生真谛孜孜不倦的探索精神上，是一种率真的气质形态。

我们仰望星空，看到卓然不群的天狼星、织女星闪射着清冷的蓝色光辉。这种清冷的、晶莹的蓝色，才是我们所说的孤独的颜色。

或许，你终有一天会习惯孤独、理解孤独。你逐渐认识到，孤独是一种神奇的力量。

　　不过，在你认识孤独之前，请你多一份坚持与笃定，多一份乐观与积极，尽管有时会无力、寂寞，但当你挨过这段时光，你就会变得更加强大和成熟。

　　你还要记住：孤独，是日复一日的成熟；成熟，是日复一日的孤独。

很 多 弯 路，
是 一 定 要 去 走 的

很多大道理都明白，但总得经过失去跌倒后，才能在痛和反省中找到自己。
我们用跌倒的疼痛换来坚定，正因为知道失去了什么，才知道该抓紧什么。
所以不要害怕走弯路，任何经历都是在成长。

1

佛学院的一名禅师在上课时把一幅中国地图展开问："图上的河流有什么特点?"

学生回答说："都不是直线，而是弯弯的曲线。"

禅师又问："河流为什么不走直路，偏要走弯路呢?"

学生们七嘴八舌：

有人说，"弯路，为了拉长流程，河流也因此拥有更大的流量，当夏季洪水来临时，河流就不会以水满为患了。"

又有人说，"流程拉长，每个单位河段的流量相对减少，河水对河床的冲击力也随之减弱，这就起到了保护河床的作用……"

禅师高兴地说："你们说的都对。但根本的原因是，走弯路是自然界的常态，走直路反而是非常态，因为河流往前时会遇到各种障碍，无法逾越，只有绕道而行，绕来绕去，避过了一道道障碍，最终抵达遥远的大海。"

人生也如河流，坎坷挫折是常态，不必悲观失望，也不必长吁短叹，停滞不前。其实，每个人的青春，都是一条弯路，这不好，也不坏，是我们必须经历的一程而已。愿有人陪你颠沛流离，走到日光出头的那一天，如果没有人陪，也要孤独地走下去。

2

在青春的路口，曾经有那么一条小路若隐若现，召唤着我。

母亲拦住我："那条路走不得。"

我不信。

"我就是从那条路走过来的，你还有什么不信？"

"既然你能从那条路走过来，我为什么不能？"

"我不想让你走弯路。"

"但是我喜欢，而且我不怕。"

母亲心疼地看我好久，然后叹口气："好吧，你这个倔强的孩子，那条路很难走，一路小心！"

上路后，我发现母亲没有骗我，那的确是条弯路，我碰壁，摔跟头，有时碰得头破血流，但我不停地走，终于走过来了。

坐下来喘息的时候，我看见了一个朋友，自然很年轻，正站在我当年的路口，我忍不住喊："那条路走不得。"

她不信。

"我母亲就是从那条路走过来的，我也是。"

"既然你们都可以从那条路走过来，我为什么不能？"

"我不想让你走同样的弯路。"

"但是我喜欢。"

我看了看她，看了看自己，然后笑了："一路小心。"

我很感激她，她让我发现自己不再年轻，已经开始扮演"过来人"的角色，同时患有"过来人"常患的"拦路癖"。

在人生的路上，有一条路每个人非走不可，那就是年轻时候的弯路。不摔跟头，不碰壁，不碰个头破血流，怎能炼出钢筋铁骨，怎能长大呢？

河流有了阻碍，水流得更湍急，东奔西突，寻找行进的出路。水是这样，风也如此。皖南古村落屋舍犬牙交错，构成弯曲村街，当地人说弯巷"拨风"，便于纳凉，前有屏风，后设天井，曲里拐弯，那些弯曲村巷，让风之力反而更大。

　　弯路，并不受人喜欢，人生的弯路何尝不是如此。年长的人，喜欢讲述自己的阅历，以告诫年轻人怎样规避弯路，殊不知，经验往往是无法移植的。

　　重要的是，在人生的每一个拐弯点，你选择沉沦，还是突破；你选择美好，还是灰暗。（张爱玲）

与 孤 独 握 手，
拥 寂 寞 入 怀

有时候孤独真好，可以假装什么都不知道。
心里明镜似的，知道言多必失的厉害，但更知道不能把这种反感说出来，
神情中更不能流露出来，于是，便用沉默来防患未然。

1

卡夫卡写作的屋子坐落在布拉格的炼金术师巷，是一个死胡同。那间小屋在胡同的最里面，像苦行僧的屋子一样简陋。卡夫卡下班后，就带着饭盒到这里写作，直到深夜才回家。

他拒绝与人交谈，甚至是他的家人。"一切与文学无关的东西都让我感到厌烦。"他在日记中这样写道。

谁能够想象，这个卑微的保险公司小职员有着怎样的内心生活，是一种什么样的力量把他抓住不放，让他对写作如此执着。

更为可敬的是，他写作的最终目的不是发表，卡夫卡临终的时候

曾要求他的朋友马克思·布罗德把他的手稿全部焚毁。

究竟是怎样的热爱让他面对真正的孤独也无所畏惧，一个人在一间黑屋子里写作，写出的东西就算无人理解也无所谓？

原来，在别人眼里是孤独的人，他自己却乐在其中。世人都以孤独为悲，独不知以热爱抵御孤独的人，从不孤独。

2

有些痛楚，只有自己懂，有些疲倦，只有自己明白。于是你慢慢地习惯了一个人的生活，一杯茶，一首歌，一个人的世界，冷静、孤寂，但从不缺乏滋味。

一个人身边的位置只有那么多，你能给的也只有那么多。你不是高傲，也不是胡闹，是厌倦了所有的依靠。

逃避，就一直是输家，唯有面对，才是要赢的第一步。

更多时候，寂寞总是披着灰色的外衣出现在我们面前。我们一直将它当作乏味的同义语，当作孤独的近义词。我们大都追求一种繁华喧闹的生活，因此，对寂寞唯恐避之不及。

于是，我们醉心于成群结队的出游，钟情于张灯结彩的联欢，沉溺于觥筹交错的宴饮；于是，我们被贪欲牵引，被狂热操纵，被喧嚣蒙骗；于是，我们失去了一方宁静淡泊的氛围，失去了一份生活的底蕴；失去了一处独居的静谧。

　　当然，并非所有人都是如此。

　　他们与寂寞握手，拥寂寞入怀。

　　他们把寂寞当成了一杯芳醇的美酒，细细品尝着生活的酸甜。屈原在寂寞中发出天问，卢梭在寂寞中留下忏悔，曹雪芹在寂寞中梦出红楼，贝多芬在寂寞中弹出月光⋯⋯

　　寂寞是多少他们景仰的星辰，赖以闪光的背景。

　　那么，我们有什么理由害怕寂寞，逃避寂寞？

　　生活的丰富在于，它向我们展示了欢乐与痛苦、忧伤与幸福的多彩。一个热爱生活的人，应该乐于接受生活的所有馈赠，寂寞正是这样的一份礼品。

　　寂寞可以倾泻无眠床前的一地月光，可以酿造醉卧沙场的一壶悲壮，可以绽放山花烂漫的一靥微笑，可以张开鹰击长空的一翅翱翔⋯⋯

　　寂寞向我们展现出一隅多么广阔而独特的生存空间啊。

我们不可把失意的孤单当作寂寞，不可把前途的渺茫当作寂寞，不可把贫穷的忧郁当作寂寞，不可把跋涉的困顿当作寂寞……那不过是寂寞的外在形式，是寂寞蜕变留下的壳。

如果你青春失意，寂寞会让你年轻的心多一分成熟。如果你高考落榜，寂寞会给你打开另一条隐秘的途径。如果你执教穷乡，寂寞会让你懂得两袖清风也是富足……

寂寞是构成生活骨架必不可少的钙质，是生命血液中不可或缺的盐。

那么我们有什么理由不亲近寂寞，拥抱寂寞？

如果你想拥有一双观察生活的慧眼，如果你想拥有一个感悟生活的心灵，如果你想拥有一方花花世界所不能给你的心境，请你，请你敲敲寂寞的门！

一切都在我们的掌控之中，无须羡慕，因为它会生悲观；也不需要鸡血，因为你心灵本就有足够的力量。耐得住寂寞，经得起推敲，我们自会拥有最有安全感的人生。

平 静 是 因 为 有 了 决 定 ，
决 定 要 熬 下 去

你需要明白，生命中有一种平静，叫作死水微澜。
平静是因为已经有所决定，决定了要熬下去。

1

莫言说，回老家与侄子们交谈，他们竟然不明白"站着说话不腰疼"的含义，因为他们从没有弯腰割过麦子。

刘震云说，他姥姥割麦比别人快，诀窍就是弯下腰不直起来，直腰次数越多腰越疼。

正是"干活原本无技巧，能忍自然效率高。人生态度千万种，一个熬字万事销"。

这个"熬"字很传神。人生马拉松，很多要靠熬。日出而作，日落而息，生活工作多是重复，熬才能出头。熬得住，才有柳暗花明。

有时候，我们需要的往往是一种信念，这种信念会支撑着你划破最黑暗的时刻，迎接黎明的曙光。如果你还没有为某件事情而坚持过，那么从现在开始，不妨试着把握指尖每一寸流逝的时间，去成就你想要的明天吧。

2

别人在熬夜的时候，你在睡觉；别人已经起床，你还在挣扎再多睡几分钟；你有很多想法，但脑袋热了就过了，别人却一件事坚持到底。

你连一本书都要看很久，该工作的时候就刷起手机，肯定也不能早晨起来背单词，晚上加班到深夜。

很多时候不是因为你平凡，所以碌碌无为，而是因为你碌碌无为，所以平凡。

当好事降临，不用得意忘形；当坏事来袭，不必惊慌失措。人生中的"幸"或"不幸"，其实没有一定。

没事，慢慢来，熬过去，坚持下去，是你的，总会有。

所以坚持下去，你就明白，路再长也会有终点，夜再长也会有尽头，不管雨下得有多大，总会有停止的时候。

那些比你走得远的人，并不一定比你聪慧，只是每天多走了一点。

感谢和我们同行的时光，坚持之于我们的意义，或许不是成功，不是放手，而是如何通过坚持与否，认识自己，学习生活，练习成长。

现在站在什么位置并不重要，重要的是前进的方向。对明天最好的准备就是把今天做到最好。看似有很多事情足以把你打倒，但真正能打倒你的只有你自己。

努力过后才知道：许多事情，坚持坚持就过来了；不要失去希望，你永远不知道明天会有怎样的惊喜。

人长大的标志就是试着去听从自己内心的声音，而不去在乎外面的掌声。等待和拖延是世上最容易压垮一个人斗志的东西，犹豫不决则是你最大的敌人。

能看书就不要发呆，能睡觉就不要拖延，能吃饭就不要饿着，能亲吻就不要说话，能找到自己想做的事情就不容易了，青春得浪费在美好的事物上。

你还必须习惯人来人往，在熟络和陌生的环境中保持好心态。有人不由分说把你否定，有人跟你同行最终分道扬镳。很多年后你回忆过去，一定会把很多都忘了的，唯一能证明你存在的，只有你曾经用力走过的路。

这条路上你注定会孤单一人，你必须走到底，才对得起你经历的孤独和挫折。当你下定决心无论如何都要坚持到坚持不下去为止时，才有资格任性。

有时候会讨厌不甘平庸却又不好好努力的自己，羡慕别人闪闪发光，但其实大多人都是普通的，只是别人的付出你没看到。不要沮丧，不必惊慌，做努力爬的蜗牛或坚持飞的笨鸟，我们试着长大，一路跌跌撞撞，然后遍体鳞伤。

坚持着，总有一天，你会站在最亮的地方，活成自己曾经渴望的模样。

害怕的时候就大笑试试，
可怕的东西就跑了

你害怕发生的事情，其实根本不用担心，
因为它一定会如期而至，也一定会如期离去。

1

《佐贺的超级阿嬷》和《单车失窃记》这两本书讲述的都是第二次世界大战后的故事。

第一个故事中，阿嬷是日本左贺的一位少女，她一边从河里打捞漂流下来的菜叶子，一边在腰间系着一块磁铁，将路上的铁片集中起来。

第二个故事中，一位父亲带着儿子在意大利艰难地生活。

到了傍晚，当意大利的爸爸不顾儿子的哀求，撬开别人的单车时，阿嬷正从吸铁石上取下铁片，喜笑颜开；当意大利的儿子看着爸爸被众人追打、嘲弄时，阿嬷的家人正幸福地说："晚上有野菜吃，是河流免费送来的"。

　　乐观的人会说，再艰苦也要笑给天看。阿嬷却更胜一筹，她说："再艰苦，也要让老天笑出声来。"生活中难免会遇到困境，让你担忧、恐惧，这个时候，你不妨大声笑笑，可怕的东西也就跑掉了。

2

　　每个人都会有一段异常艰难的时光，生活的窘迫，工作的失意，学业的压力，爱得惶惶不可终日。挺过来的，人生就会豁然开朗；挺不过来的，时间也会教会你怎么与它们握手言和，所以你都不必害怕的。

　　人生就是你身边睡着一只老虎，你会恐惧、逃避。如果你不知道这一切是幻想就成为问题。你要骑在它上面，抚顺它的毛。人生的目的是要和老虎睡觉。

　　孤独、困境、磨难、煎熬，它们都是这样的老虎。

　　这只老虎躲在角落里，瞪着绿幽幽的眼睛。你看不清楚它的轮廓，你只知道，他的名字叫作害怕。这种老虎有着千种本领，万种变化。

　　它可以轻如空气，密若细雨，也可以无处不在，无孔不入，像是冬夜里渗入骨髓的阴冷，你觉得，你逃不掉。

你害怕挫败感，害怕得不到理想的结局，害怕走不到想要去的远方。

你害怕一事无成，害怕没有自我的存在感，害怕找寻不到互相欣赏的灵魂伴侣。

这些让你害怕的想法，是在心上上了枷锁的监狱。你不敢正视这些，因为你知道，它们的存在就是对你不断进行恐吓，而你无能为力。

于是你害怕的东西，不断地开疆辟土，而你唯有躲在美好阳光的角落里，独自黯然。看吧，害怕赢了你。而你输了。

恍惚之间，你突然想起，这个对你征战的"敌人"，其实是从小就有的。

小时候，害怕是黑夜，是漫长到让人觉得无趣的午休，是外婆带着浓厚岁月气息的故事里的专吃小孩子的怪物，是在教室躲雨时窗外一道道惨白劈下的闪电以及巴望着妈妈身影出现的小无助。

长大后，害怕是不确定，像狂妄的赌徒般将所有生活的美好希望押在未来。

就算后来，你学会了自我劝慰，安慰自己说"生命中定有无数的精彩，未来定有无限的可能"。可实际上，未来终究未曾到来，萦绕在你心头的，始终是对不确定的害怕。

其实，无论是哪一段时光，都会有让自己难受的事、难过的人，以及难以达成的目标和理想，但是如果因为害怕而放逐自己的心灵，因为胆怯而错失了美好，那么当你回头看时，定然是一无所有。

其实，无论是遇见怎样的人，从事什么样的工作，都是在不断修正的过程中进步的，经历的错越多，进步也越多。

任何一个人，无论他在哪个领域，如果他获得了成功，那么他必定大大小小、不同程度地经历过失败、孤独。所以，不用害怕，那或许是你遇见美好的起点。

做一个坚强的人，坦然面对，勇敢体会，忘记消逝的人和事。不能拥有的，懂得放弃；不能碰触的，学会雪藏。

与其沉溺过往，不如沐浴晴朗，扔掉悲伤和孤寂，摆脱无助和漠然，不再害怕未知，也不必盲目迷茫。告诉自己，我可以。

生活原来就是这样，它是我们的一面镜子，你对它笑，它也对你笑；你对它哭，它也对你哭；你对生活担心害怕，生活让你看到的，就都是让你胆寒的事。

笑一个给自己看吧，让我们把快乐的春风吹遍每一寸土地。笑一个给上天看吧，那些艰苦和磨难带来的恐惧，就都跑掉了。

不 必 强 求 ，
美 好 总 在 不 经 意 间 出 现

我们总在不懂爱的年纪，遇见最好的爱情，
我们总能在最深的绝望里，遇见最美丽的风景。

1

有一个年轻人，刚刚从一所著名高校毕业。他在学校里面很优秀，是最高奖学金的获得者。

可是一进入职场，就什么都变了。

他发现，越是想表现得专业，领导就越不在乎他的专业；越是想要表现得优秀，同事对他就越不感兴趣。就连最基本的工作，也总是难以做到十全十美。

他开始变得慌张、迷茫，便去找他的老师解惑。

老师告诉他："在学校时，你能平静地对待一切，所以一切都很美好；到工作中，你是处处强求，当然也会累得苦不堪言。其实，你不必强求，你想要的，慢慢都会有的。"

　　在这个日渐浮躁的世界里，我们躁动的灵魂需要在与湖的对视中寻找宁静，哪怕只是匆匆的一瞥，也足以单纯地释放久藏心中的美好情怀，还生活一份静好。

2

　　你不必着急成长，就像你知道从种子到开花需要时间一样。

　　我们在地上种植一粒玫瑰种子时，会注意到它很小，但是，我们不会批评它无根无茎。我们会把它作为一粒种子，按一粒种子的所需浇水施肥。

　　当它刚破土而出时，我们不会责备它不成熟或发育不全，而且，当花蕾刚出现时，我们也不会批评它不盛放。

　　我们会惊讶地看着这个过程发生，在其成长的每个阶段给予它所需的照料。

　　这株玫瑰，从一粒种子到凋谢，始终是一株玫瑰。自始至终。其自身都包含着它的整体潜能。

　　看起来，它总是在变化的过程中。然而，无论在哪个阶段，无论在哪个时刻，它都是完美真实的。

　　鲜花绽放时并不比在蓓蕾时更美，它们在每个阶段都是同样的一件物体，即是一朵处于表达其潜能过程中的花。

你不必着迷于物质，因为生活本来就该是美好的。

我们都喜爱美好，上学时在楼道的阳台前，涂淡粉色的指甲油，或者在那时的夏天，渴望一件太阳裙。后来不经意间就有了，圆领儿的鲜橙色太阳裙，长度刚刚到膝盖上面几厘米。

那时候没有太多奢求，于是全世界都成了你的宝藏，就算钱只有可怜的一点点；那时候心中并没有名牌的概念，就算囊中羞涩，而感觉却比路边的自动取款机还要富有。

那是段成长的岁月，一切都是如此美好。

后来，你进入了一段迷惑的岁月。我们都有过的迷失年纪，我们都会从青涩到成熟。在这段尴尬的过程中，物质一度控制了我们。

再后来，物质开始超过精神，成为第一需求。我们追求名牌，尽管它并不适合自己。

我们开始把自己打扮成另一个人，一个完全不是我们自己的人。我们开始追求车子、房子、更贵的衣服、更高的享受，我们一度变得虚荣。

我们越来越觉得世界不美好，越来越觉得自己匮乏，越来越难以满足，越来越茫然困惑。就这样，我们被欲求迷了眼，而看不到生活的美好。

　　我们忘了最美好的事物是那些永远无法用钱买到的东西。比物质更高贵的，是灵魂的奢侈。

　　是写出一首诗、画出一张画、创作出一部作品，甚至是默默无语观赏美景的瞬间的快乐。

　　最佳的物质生活，就是穿着打扮、衣食住行无不体现出你真正的性格，与你所追求的生活完美相合。它就像是合脚的鞋子、恰如其分的妆饰。

　　人世间，总会有一些美好在不经意间和你相遇。一件老旧的器具，遇上呵护它的人，才可能世代相传；一段悲喜交加的感情，遇上懂得珍惜的人，才可能白头偕老；一阵喜怒无常的生活，遇上一个能够隐忍的人，才可能变得繁花似锦。

生命可以随心所欲，
但不能随波逐流

不要拿自己跟任何人比，你不是谁的影子，也不是谁的替代品，
更不是谁能退而求其次的选择。
你只是你自己，一个会莫名开心，又突然难过的疯子，
你所做的一切，不过是自己随心所欲，你不会，也不需要按照任何人的想法去生活。

1

　　电影《哈罗德和莫德》中，79岁的老太莫德尽情享受着生活的乐趣，就算年事已高，可也能活得随心所欲。而年仅18岁的哈罗德却在青葱的时光里浑浑噩噩，甚至变得一心寻死。

　　莫德对哈罗德说："很多人都想品尝死亡的快乐，可是实际上并不敢死，这些人不过是丧失了生活的勇气。"

　　是的，年轻人之所以会丧失对生活的乐趣，往往就是因为害怕孤独而去跟随，为了合群而去随波逐流。

　　其实，我们不必去羡慕别人的生活，也不必去复制别人的生活，我们不必去跟随、去凑合，更不必因为担心与众不同而被划入

"异类"。

我们只需要相信自己，相信自己是唯一的，也是优秀的，所以，一定可以根据自己的意愿，得到风生水起的生活。

2

淡淡说句"没事"，其实已经给对方扣了一分；轻轻说句"尽量"，其实已经在为放弃做好了准备；慢慢说了句"晚安"，其实失眠到了两点……

生命中有一个阶段叫"言不由衷"，因为不想伤害别人。之后有个阶段叫"随心所欲"，因为不想委屈自己。

我们到人世间是来干什么的？我们来到世间，是来欣赏沿途的风景的，是要到达远方的终点的。在人生的终点上，有一场华丽的盛宴等待着每一个人的光临。

我们手掌上的纹路是不可信的，可信的是我们手掌的力量。

没有人知道何时下雨，也没有人知道何时刮风。每一个人都经历过人生的成败得失，每一个人都有过纠缠不清的爱恨情仇，那些轰轰烈烈的传奇，那些光辉灿烂的人生，都是转瞬即逝的时光，一切都会归于平淡。

因此，没有必要沉浸在悔恨懊恼或者得意忘形之中。平淡，是每一个生命的主流。

孤独的时候，就要学会享受宁静的孤独，品尝人生的种种况味，让万物归于内心；开心的时候，就快乐地享受每一分时光，微笑地面对每一个人，大家自然会因你的笑容而受感染，从而分享你的快乐。

在被人误解的时候，如果能坦然一笑，这是一种优雅的素养；当受了委屈的时候，如果能大度地一笑，这是一种超然的气度；当吃亏的时候，如果能不以为意地报之一笑，这是一种豁然的达观；当置身危难的时候，如果能够泰然一笑，这就是难得的人生境界了。

生活的烦恼在于我们体味生活的深度，生活的快乐也在于我们理解生活的深度，这与职位、权力、财富、名声都没有关系。

如果我们看到一个人每一天都快快乐乐的，脸上总是洒满幸福的阳光，这说明这个人已经超越了自己。如果我们看到一个人每一天都是愁容满面，说明这个人还没有发现真正的自己。

如果你是一只展翅高飞的大雁，就要具有领略山川万物的气度。如果你是一棵微弱的小草，就要学会欣赏大雁的雄姿，珍惜自己的孤独。大雁会飞向天涯，小草也永远守着一方美丽。

　　不要总想着做人世间的稀有元素，那必然要经历千锤百炼的苦难。做一捧黄土地上的黄土，虽然平凡，却可以让庄稼、小草生生不息，让小树长成参天大树。

　　如果我们总是看别人不顺眼，总是以为生活在苛待自己，总是感觉别人对自己不够友好，那一定是你自己的修养不够，是你自己的眼光出了问题。

　　很多人总是热心于探讨生命的玄机，总相信生命的背后一定有着深邃的秘密。其实，说到底人生就是一场宽恕饶恕，就是一场宽容包容，就是一场淡忘遗忘。很多时候，我们要宽恕的、包容的、遗忘的不是别人，而是我们自己。

　　我们就这样纠缠在生命的进程中，不断忘记，不断超越，不断放手，不断接受生活的馈赠，也不断接受生活的挑战，亦无法阻挡生活的谴责。

　　在穿梭不停的旅途中，在行色匆匆的人流里，看一看路旁的风景，品一品人生的滋味，做一个生命的信仰者。

孤 独 一 人，
也 要 漂 漂 亮 亮 地 活 下 去

一个人跟寂寞是两回事。一个人可以不寂寞，假如你乐在其中，享受宁静和独处的话。
两个人也可以很寂寞，当你们无法沟通，无法欣赏彼此存在的价值，无法分享爱与
关怀时。

1

评剧名家新凤霞在回忆录中，提过关于一把茶壶的往事。

茶壶是她多年的心爱之物，有一天失手打摔了，她既没有伤心，
也没有掉泪，更不恼恨自己的不小心，只说不能就这么算了，"我得
赔自己一把"。

旧的不去，新的不来，下决心打工挣钱，再买一把赔自己。

买回来后，摆在放旧壶的位置，开心地笑了，把一件本是败兴的
事，掉转了一个方向。

一个人的伤心，两个人分担了——新凤霞要赔新凤霞。这么一
来，新凤霞就给自己创造了一个热爱生活的小热闹。

所谓活得漂亮，不是物质多么富足，也不是亲朋来往多么频繁，而是孤身一人时，也能把日子过得赏心悦目。

2

一个活得漂亮的人，就是能把一个自己变成两个、三个乃至一百个、一万个自己，他可以和一万个自己一起扛起失败，可以和一千个自己喜笑颜开，可以和三五个自己一起小酌，也可以和另一个自己一起沉思。

这样的人，是最懂孤独之妙的。

孤独可能需要一个人待着，像葛丽泰·嘉宝，平生最大乐事就是一个人待着。想必她是体味到，当心灵背对着人类的时候，要比在水银灯照耀下自如和丰富得多。

又如海明威讥讽那些乐于成帮搭伙以壮声威的劣质文人，说他们凑在一起仿佛是狼，个别的抽出来看看不过是狗。海明威的言辞固然尖刻，但他的内心却有一种独立面对世界的傲岸气概。

孤独并非人人能有或人人配有的。孤独不仅仅是一个人待着，孤独是强者的一种勇气；孤独是热爱生命的一种激情；孤独是灵魂背对着凡俗的诸种诱惑与上苍、与万物的诚挚交流；孤独是想象力最丰沛的泉眼；而海明威的孤独则能创造出震惊世界的热闹。

诚如短诗《雨中独行》写的那样："风风雨雨，适于独行。而且手中无伞，不打伞自有不打伞的妙处，湿是我的湿，冷是我的冷，即使把自己缩成雨点那么小，小也是我的小。"

渐渐明白，生活中的很多事情，必定要在独处时才能感受得到。人在旅途，总有那么些路程需要独自前行。

某些事情，即便在自己心中掀起过惊涛骇浪，说与人听别人也未必理解。或许，这世上本没有什么感同身受。所谓"感同身受"，不过是不同的人们在相同或类似经历两相印证下的一种偶然反应。究其本源，终不过是对自身境遇的一种缅怀。

不过，有时候很奇怪，天天黏糊在一起往往容易彼此忽视；只是偶尔有一搭没一搭聊上几句的人，却能够从只言片语中便轻易窥得你所有的心事。

每个人都有自我的孤独时刻，不要觉得暂时无人陪伴就自怜自哀。我们都一样，任何时候都不要妄自菲薄。在这个世界上，最不能放弃的，只有自己啊。

有人虽然独处但心是浮躁的，有人虽处人群中依然是孤独的，真正的孤独是一种专注于自己的状态，既非自私亦不是自大，而是享有自己心灵的空间不被外界打扰，认知人生在世本质上是孤独的，许多人生的课题也是必须孤独地面对而无法让别人分担。

多少人在异地工作，忍受着孤独寂寞，下雨没人送伞，开心没人可以分享，难过没人可以倾诉，一个人走完四季，冷暖自知。

人生就是这样，耐得住寂寞才能守得住繁华，该奋斗的年龄不要选择了安逸，度过了一段自己都能感动的日子，就会遇见那个最好的自己，踏实点，你想要的，岁月统统会还给你。

没有谁的爱情，
能花光你所有的　好运气

明明是握紧的手，
明明是那般珍惜过的人，
为什么走着走着，
却都散了呢？
人生的路，
那般复杂吗？
不小心走岔了一个路口，
就再也找不到你。
可是即使知道最后的结局，
还是会选择和他在一起吧？
青春没有被浪费，
因为如果没有那个人，
我们还有什么青春可言。

你 不 是 不 好 ，
只 是 彼 此 不 适 合

也许你害怕失去，总是患得患失，不管是该珍惜的还是不该珍惜的，
其实应该学会顺其自然，是自己的总不会溜走。

1

他和她都很优秀，也都喜欢着彼此。

她每天上线都是为了等他，而他每次出去玩都是为了可以看见她。

可是后来，因为彼此都是骄傲的人，他们还是没法在一起。

他对她说："我们分手吧，以后就当不认识，对不起。"

她回答说："别和我说对不起，因为我们没关系。"

所有人在爱着的时候，都是真的觉得自己一定不会违背承诺，而在反悔的时候，也都是真的觉得自己不能做到，所以誓言这种东西无法衡量坚贞，也不能判断对错，它只能证明，在说出来的那一刻，彼

此曾经真诚过。

所以就算最终没法走到一起，也别怀疑曾经的真诚和美好，更不能怀疑自己。你要记住：你不是不好，只是彼此不适合。

2

为什么我们一定要为我们的爱情定下那么多条件？你想要的，未必是你需要的。每一件事情都是未知的，更何况是爱情？

在你遇到那个人之前，你不会想到你会爱上那样的一个人；在你遇到那份感情之前，你也完全不会想到自己会拥抱这样的一份感情。只有等到你遇到之后，才发现自己之前的论调完全被推翻了。

一万个灿烂美好的未来，抵不过一个温暖踏实的现在。你在电话里说的一万句我爱你，也抵不上在她宿舍楼下跟她见面五分钟。

你期待着王子骑士般的爱情，却又羡慕旁人平淡恬静的爱情。你想要《泰坦尼克号》炽热轰烈的爱情，却又受不了那样的转瞬即逝。你想恋爱却又怕不自由，你想单身却又怕太孤单。

大部分的东西都有期限。而所谓无限，也只能到某种程度。

为一个人受苦，只能受苦到某种程度。然后，你会醒悟，不再蹉跎岁月。思念一个人，只能思念到某种程度。当思念长久地落空，你早晚会绝望。无论多么爱一个人，也只能爱到某种程度。

这世界上从没有一成不变的感情，热烈的爱情也许会归于平静，平静的爱情有一天也许也会热烈灿烂，你想要热烈的爱情，也许到最后适合你的只是细水长流；你想要悠长恬淡的爱情，可也许最让你刻骨铭心的是那一瞬间的冲动。

同样地，这世上也没有完美的爱人，只有时间能让他逐渐变得完美，你们会不停地磨合，然后学会包容对方。当有一天你遇到一个看起来完美的人，也许你们并不适合彼此，而当有一天你遇到一个完全意料之外的人的时候，也许他才是你的真命天子。

永远记得，不要去评价别人的感情，因为你看起来艰难的，在他们看起来也许很简单；你看起来不般配的，他们觉得没什么。感情没有所谓的般配不般配，只有适合不适合。

不是每个人都能遇到自己想要的那个人，但是每个人都会遇到一个适合自己的人。遇到那个人之后，一切复杂的条件都不再适用，一切喧闹的表面归于沉静，变得简单，变得无法用条件来限定。

你无须处心积虑、无须机关算尽来抓紧他，他也不会离开你的身边。

　　所有的标准都是为了不爱的人准备的，当你遇到你心动的人之后，你的标准就不再是标准了。这是没有道理的，比如你不知道为什么有的人能让你魂牵梦萦很多年，那些感情是没有原因的：你爱她，不知道为什么。

　　无论走到哪里，都应该记住，过去都是假的，回忆是一条没有尽头的路，一切以往的春天都不复存在，就连那最坚韧而又狂乱的爱情，归根结底也不过是一种转瞬即逝的现实。

总 会 有 这 么 一 个 人，
让 你 想 要 以 温 柔 相 待

世界这么大，人生这么长，总会有这么一个人，让你想要以温柔相待。

1

女人在厨房做饭，男人在客厅陪客人下棋。

女人喊："你进来一下。"声音很大，语气却温柔。

男人去了一趟厨房，只有几步远，用了一溜小跑。

出来时，他拿着切开的西红柿，边咬边问我："该轮到谁走棋啦?"

客人问："你喜欢吃生西红柿?"

男人一边咬着西红柿，一边抬头瞅瞅厨房："不太喜欢。"

客人继续问："那她为什么喊你，还切了这么一大块?"

"她以为我喜欢。"男人说，"刚结婚那阵子，家里穷，我又馋，每次炒西红柿，她都要切一块，塞在我的嘴里。那时，我爱吃，现在，我不太喜欢了。"

"为什么不告诉她?"

"假如她知道我一直不爱吃她切的西红柿，她会很失望。"

那盘棋，男人赢了。冲着厨房，他扯开嗓子喊："老婆，我赢了，吃了你的西红柿，我变得精力充沛、思维敏捷!"

爱情需要表达，一起生活久了，爱情的表达就变成了一些鸡毛蒜皮的生活习惯。

2

好的爱情，一定是以快乐为前提的。可惜，年少的时候，我们不懂这个道理，以为只有经历过轰轰烈烈的磨难，才算是真正的爱情。没有真正痛过，何来爱情之刻骨?

等到不再年少，却发现能结果的爱情往往是最简单的，简单到只剩下单纯的小快乐。因为一个人，你变得很快乐，因为有一个人，你想要温柔相待，这才叫有了爱情。

温柔的人对待感情，就像在煲汤，将各种食材准备好，放到一只锅里慢慢炖，要好几个小时，香气是慢慢升起来的，幸福也是慢慢升起来的，直到水与食材互相渗透，漫漫间，芳香浓郁，成为一体，喝到嘴里，润进心中，熨帖滋润。

温柔的人对待爱情，绝不会用"闪"这种形式。爱情不是烟花，只要那一刹那的美，噼啪一声在天空绽开，美不胜收，热闹非凡，美则美矣，转瞬之间，就落尽繁华。火焰纷纷飘落，天空归于静寂。

爱情要的，是细水长流，古人就说，执子之手，与子偕老。可见，相爱的两个人是要相伴到老的，那么，又怎么能一开始，就用过火的激情烧死它呢？

还有很多人以为，只有不顾一切地爱过，才算是对生命的不辜负。即便他知道自己爱上的那个人有多不靠谱，还是义无反顾地在爱情里纠缠。最终被伤得体无完肤，还以为那种深入骨髓的疼痛才是青春强有力的见证。

这样的爱情格言，多浅薄。在经历之后，他才终于肯承认，能让你痛一次的人，不算爱情。只有那个能让你拥有无数小快乐的人，能够让你愿意温柔相待的人，才是最值得拥有的。

因为好的爱情，一定是快乐的。因为对方愿意温柔地对待你，包括你的灵魂。

　　你们可以享受灵魂的温柔相待，心情自然愉悦了，再多的风雨，
也吹不散这样的爱情。

　　如果你的爱情世界里总是眼泪、纠结、争吵，这段感情必难长
久。所以，当你面对一段感情犹豫不决的时候，不妨问一问自己，这
份爱情，会令我快乐吗？

　　如果这段感情，带给你很多无理由的小快乐，那你的爱情一定不
会太差。

　　如果，你还没来得及遇到那个让你想要温柔相待的人，那么请你
保持十足的耐心。然后努力让自己的肩膀更坚强。

　　只有这样，才有资格去见你想爱的人，然后对他说，"我准备好
爱情从天而降了。"

我 那 么 喜 欢 你 ，
一 定 会 原 谅 你 不 喜 欢 我 的

你在我身边也好，在天边也罢，
想到有一个你，就觉得整个世界也变得温柔安定。

1

戴军在《优雅的分手》里讲过这样一个故事：

男孩儿和女孩儿谈了很长时间的恋爱，可后来还是分开了。

再后来，他和她都有了各自的家庭，有了孩子，但是他和她，继续与对方的父母保持着联系，过年过节也会电话问候。

他们的解释是：我们曾经相爱过，那么，我们的缘分让我们成了家人，就算我们没有走下去，我们也不该更不会去伤害彼此的。

谁说分手都呼天抢地，闹个你死我活？谁说相爱分离后就要剑拔弩张，横眉冷对？

世间有一种离别也可以是如此动人温暖。

2

爱一个人到什么程度，通常是在分手时见分晓。

放弃与放手，只在一念之间。放弃是妥协，牺牲了本来应该属于你的东西；放手是智慧，放下了那些从来就不是你的物件。

人生中，有两个字可以为你开启许多扇门——"拉"和"推"，可惜的是，很多人却选择了——"冲"和"撞"。

一段感情的终结，每个人都是受害者。有人说"世间所有的相遇都是久别重逢。"那么世间所有的离别也应该是和故人微笑挥手。

缘分之始，不知其所起。每一双爱侣，起初都怀着美好愿望，要执子之手，与子偕老，举案齐眉，一生恩爱。

缘分之终，不知其所止。当彼此的生命交织，逐渐分不清彼此，却又有人因为世间千百种原因选择离别，就更有撕心裂肺之痛。

因此，一别两宽，各生欢喜，怎么看背后都有无奈意味，纵然是笑，也带泪。

这不关乎豁达，淡然，而是关乎勇气。

相敬如宾，敬的不仅是对方，更是自己；不仅仅指的是在热恋之时你侬我侬，更体现在感情破裂，无法挽回之际，适时放手。

分离之时像那位唐朝"前夫"一般，挥笔写下"一别两宽，各生欢喜"却也不失风度。

相离之后，愿你，重梳婵鬓，美扫蛾眉，再现美好笑容。

愿你，重现窈窕之姿，得遇终身画眉之良人。

如此淡然，豁达，欢欢喜喜地各奔前程岂不更好？

世间最残酷的事情，莫过于曾经深深相爱的人最终却分道扬镳，变成一对仇人。相恋时温柔美丽的画面，变成争吵斥责，曾经热吻的嘴唇，如今喷射出毒辣的恶语，曾经多情的爱人，变成势不两立的敌人……

即使爱到陌路，或者一点不爱，分手之时也应该拿出应有的涵养和风度。美好相爱，和平分手，用一颗坦然的心，挥手告别曾经的爱人，彼此带着一份洒脱的心，重新开始一段新的生活，这也不失为一种好的选择。

秋水长天，风寒云远，遥想水阻山隔之外，温暖如春，心亦灿然。愿一梦之间，尽世间悲欢，醒来，依然是可爱的人间。

世界广阔，际遇种种，那些彼此生命里留下的痕迹，渐如同雪泥鸿爪，如同前世般缥缈，渐行渐远。

但愿世间所有相爱的人永不分离。若真不得已要分离，不管何种原因，不论谁对谁错，缘尽之时，也请用一种温文尔雅的方式，微笑着离开。

你要相信，在爱情的国度里，你不仅是那个优雅的主角，还是一个才气十足的编剧。你可以把一段感情演绎得浪漫美好，也可以给一段不算美好的感情，编写出一个美好的结局。

爱情是一个泾渭分明的世界，一旦有人拥有了美好的晨曦，就必定在180°的另一个方向，会有另外一个人无法挣脱孤寂的黑夜。但是如果你选择了美好、选择了原谅，那么即便你们在爱的不同国度，也可以一起欣赏那姣好的星空。

人生何必如初见，
但求相看两不厌

"你见过的情商最高的行为是什么?"
"即使是对最熟悉、最亲切的人，仍然保持尊重和耐心。"

1

女人说："你从未说出过那三个字。"

男人默不作声，只是笑笑。他知道，她其实喜欢他这脾气。

女人说："这个世界真小，硬是让我们碰到。"

男人说："这是凑巧。"

女人说："换一个瞧瞧，天底下有谁比我更好。"

男人又是沉默，只是笑笑。

他们这样默契又调皮地爱着。

现实中的我们，都已经不是小孩儿了，不会再相信突然一天出现一个白马王子，或者走在大街上撞到白雪公主，然后带来一辈子的幸福。

但我们应该坚信，两个平凡的人，偶然遇到，慢慢地离不开彼此，无论发生什么，两个人都可以一起面对。

2

终有一天，你爱一个人，却与爱情并无关系。你深切地知道自己难以割舍，只因在内心最敏感的缝隙，那人终与时光长成了一体。

渐渐地，你不再迷信缘分，因缘分而来的东西，总有期限。于是你更愿意相信那不是爱情，那是你另一半的生命。

爱一个人就是满心满意要跟他一起过日子。天地鸿蒙荒凉，我们不能妄想把自己扩充为六合八方的空间，只希望彼此的火烬把属于两人的一世时间填满。

爱一个人原来不过是在冰箱里为他留一个苹果，并且等他归来。

爱一个人就是喜欢两人一起收尽桌上的残肴，并且听他在水槽里刷碗的音乐——事后再偷偷地把他不曾洗干净的地方重洗一遍。

爱一个人就有权利霸道地说："不要穿那件衣服，难看死了；穿这件，这是我新给你买的。"

爱一个人就是把他的信藏在皮包里，一日拿出来看几回，哭几回，痴想几回。

爱一个人就是在他迟归时想上一千种坏的可能，在想象中经历万般劫难，发誓等他回来要好好罚他，一旦见面却又什么都忘了。

爱一个人就是上一刻钟想把美丽的恋情像冬季的松鼠秘藏坚果一般，将之一一放在最隐秘最安妥的树洞里，下一刻钟却又想告诉全世界这骄傲自豪的消息。

爱一个人就是在他的头衔、地位、学历、经历、善行、劣迹之外，看出真王的他不过是个孩子——好孩子或坏孩子，所以疼了他。

也因此，爱一个人就是喜欢听他儿时的故事，喜欢听他有几次大难不死，听他如何淘气惹厌，怎样善于玩弹珠或打"水漂漂"，爱一个人就是忍不住替他记住了许多往事。

爱一个人总会不厌其烦地问些或回答些傻问题，例如"如果我老了，你还爱我吗"、"爱"……

爱一个人常是一串奇怪的矛盾，你会依他如父，却又怜他如子；尊他如兄，又宠他如弟；想师事他，跟他学，却又想教导他，把他俘虏成自己的徒弟；亲他如友，又视他如仇；希望成为他的女皇，他唯一的女主人，却又甘心做他的小丫鬟、小女奴。

爱一个人就是喜欢和他拥有现在，却又追忆着和他在一起的过去。喜欢听他说，那一年他怎样偷偷地喜欢你，远远地凝望着你。

爱一个人又总期望着未来，想到地老天荒的那年。

爱一个人，就不免生出共同的、霸占的欲望。想认识他的朋友，想了解他的事业，想知道他的梦；希望共有一张餐桌，愿意同用一双筷子；喜欢轮饮一杯茶，合穿一件衣，并且同衾共枕，奔赴一个命运，共寝一个墓穴。

爱一个人，原来就是"久处不厌"。

在 爱 情 里，
我 们 都 曾 做 过 傻 瓜

感情世界里最大的麻烦，就是傻瓜对待感情总是如此确定，
而聪明人的内心对感情却总充满疑惑。

1

有一个女孩儿，爱男孩儿爱得很深，旁人都说她傻。

为了帮男孩儿完成赴德国留学的梦想，她欠下一笔外债，不得不
打三份工还钱。身边的朋友都告诫她这事儿不靠谱的时候，她如清高
的女神般淡淡地笑。

第二年，男孩儿在国外有了新恋情，女孩儿女神般的笑摔在地
上，成了猪八戒，大家只好反过来安慰她：想想在一起时的好，想想
他将来出人头地后，你是他的自传里不可忽略的一个章节。

她的神色越发悲哀，却咬咬牙什么都没有说。

后来，她又恋爱了，每次听到她的男友抱怨她似一只铁公鸡，买东西斤斤计较得厉害，我都有开始这样一场谈话的冲动："原来的她啊，又愚蠢，又可爱……"

很多人，都有过一段傻瓜般的爱情经历。那时候的爱，尚未有得失之心，字典里尚存不遗余力的爱，以自己全部能力，甚至不惜超出自己的能力，也要给对方想要的整个世界。当对方的世界变得宽广与丰富，还会不会有他的容身之处，他不想这些的。

当然，这样的爱，一生只有一次。

2

爱情是白痴的世界，与精明的人相比，傻瓜可爱一百倍还不止。

视另一个人为自己全部的梦想，帮助他实现梦想，即使被踹也光荣的年月，虽然不完美的结局常常掩饰过程之美，却是我们人生最好的年月——你得到的还没有那么多，所以并不担心失去；你即将得到的还有很多，所以也并不害怕失去。

傻瓜，明明说着看开了，放下了，每次却总是不自觉地想起那个给予温暖的人。每次又总是在微笑沉醉时看到了现实，想到了伤痛，然后，冷的感觉再也暖和不起来了。

如此反复，心，终于累了，现实就是这样。我曾经醉过，却又最终醒来，我正在行走，却找不到方向。

我们在爱情里，都是由傻瓜而一天天变得精明起来的。被重重地伤害过一次之后，心里会冒出这样的声音：从今往后，我再也不会做傻瓜了。

这是一个悲哀的告别仪式，生活以强硬的态度改变了我们的柔软，由进化得来的避险基因经由岁月的风霜深深地刻在了我们的皮肤。

伤口慢慢少了，快乐也慢慢地少了，不会再做傻瓜了。纯粹地爱一个人的感觉，也一去不返了。

只是，从未做过傻瓜的人，不足以语人生。

所谓幸福，就是一个笨蛋遇到一个傻瓜，引来无数人的羡慕和嫉妒。风风雨雨，平平淡淡。当看着儿孙满堂时，那个笨蛋仍然喊着傻瓜！每个笨蛋，都在等着那个傻瓜的出现吧。一直，一直。

人生不必时时聪明，学会承受痛苦。有些话，适合烂在心里，有些痛苦，适合无声无息地忘记。当经历过，你成长了，自己知道就好。很多改变，不需要你自己说，别人会看得到。

傻过之后才明白，真的不是"有爱就什么都可以"。因为生活还有太多细节与琐碎，比爱更坚不可摧。

爱的时候，谁都想不顾一切去爱别人，可是回到生活，又免不了更倾向于保护自己。在这种纠结的感情中，有人选择了温水煮青蛙，任由生活顺水推舟，缝缝补补，彼此煎熬；也有人选择好聚好散，在故事还不最糟糕的时候退场。

好在，你还可以选择。

你知道你已离开了他的世界，也知道，彼此不再有交集，然而心中某块地方，始终无法抹去存在的痕迹。很多时候，不正是这些莫名涌上心头的柔软，才让我们觉得没白活过吗？

你依然爱他，你只是知道，自己不能再像以前那样喜欢他了。但还是可以选择祝福：纵此生不见，平安唯愿。

陪伴，
是最长情的告白

在爱情里，陪伴比懂得更重要。

一个人就算再好，但不能陪你走下去，那他就是过客。

一个人就算有再多缺点，能处处忍让你，陪你到最后，那才是终点。

1

她的婚姻经营得很好，最好的朋友来问她秘诀。

她说："琴棋书画诗酒花，我喜欢就喜欢好了，不用非得逼着他也喜欢，他偶尔回眸赞赏一下我就好了；他爱钓鱼、爱出游，那就去好了，我不会亦步亦趋，但偶尔作陪一下也挺好；他少言，那我说他听好了，他那些幼稚的想法不入我眼，但让他试试又何妨？我任性胡闹，他再也不会大发雷霆，他只是宠我、疼我、微笑着走过来拥我入怀，我就会安静了。我们都不会想着把彼此变成完美伴侣，那就让彼此都保持自己原本的样子。"

花开，有太阳的陪伴才娇艳诱人；夜空，有星辰的陪伴才绚丽璀璨；地平线与落日的相吻，因为海平面而富有诗情画意……而人，因为有了陪伴，而更加温柔可爱。

2

爱情是奢侈的遇见，世界上最温暖的事莫过于陪伴。

一段好的关系就是他不在你身边的时候，你还能挖掘出他的行为和言语的意义。

当对方不在身边陪伴的时候，你要不畏风不畏雨不畏孤独，只为成就更强大、美好的你。而这正说明了："灵魂的陪伴，往往比实际的陪伴影响更长久。"

如果可以，请你和你爱的人来一次身心同步的旅行。或许是某个古朴的小镇，或许是某座灿烂辉煌的大都市。你们可以沿途用镜头记录彼此的笑脸和属于你们的风景。

一起吃早餐，午餐，晚餐。或许吃得不好，可是却依旧为对方擦去嘴角的油渍。

风景如何，其实并不重要。重要的是，你们在彼此的身边。

　　如果生活得很温馨，你一定愿意把他的幸福当作你的幸福，你愿意在他难过流泪时，将他轻轻抱在怀里，告诉他无论如何，你会一直陪在他身边。

　　你也可以，在很痛的时候说没关系，在难过的时候说无所谓，在寂寞的时候合哈大笑，在绝望的时候说世界依然美好。

　　但是你希望，在你开始抱怨上天吝啬的时候，他可以对你说，"别太在意，我心疼你，我在你身边。"

　　有人问，如果喜欢的人感冒了，该怎么办？最好的回答也就两个字："开门，药送来了。"

　　说 1000 遍的"我爱你"，比不上一句"你在哪里，我来找你"。因为再多的有关未来的承诺都是空头支票，比不上此时此刻的温馨陪伴。

　　所以，我们才会觉得"爱是陪着你，不骗不伤害"，甚至会觉得"陪伴与懂得，比爱情更重要"。

　　最好的陪伴，是你在我身边，是我需要的时候你在，你需要的时候我在，日子久了，陪伴就成了习惯。岁月不长，请对爱的人温柔相待。

　　许多人以为，两个人熟悉得像亲人就没爱情了。其实，爱到平淡,才是一生的开始。

浓烈的爱往往是流动的,爱你也会爱别人。所以重要的不是爱上你,而是只爱你一个。重要的不是爱有多深,而是能爱到底。找人恋爱很容易,难的是一辈子。

可是,带着烟火气息相爱着的人啊,如果不曾携手走过一段又一段的跋涉、磨合的路程,又怎么有可能携手走过长久、美满的一生呢?

我们一起在时光中磨合成长,你抹去我的嚣张戾气,我磨掉你的生涩胆怯。

你越来越温暖担当,我越来越沉静柔软,在不经意间,我们彼此都成为了更好的人。这就是最好的爱的给养。

在我们生命中出现的人,并非都能知道时光的含义,也并非都懂得珍惜。因此很多时候,对你爱的人好一点,对自己好一点,今天是你的枕畔人,明天可能成了陌路人。

如果这辈子来不及好好相爱,就更不要指望下一辈子还能遇见。

你 是 谁 ，
你 便 会 遇 见 谁

已经走到尽头的东西，重生也不过是再一次的消亡。
就像所有的开始，其实都只是一个写好了的结局。

1

有个人很刻薄，比如一个爱好琴棋书画的胖女孩儿，到他嘴里就是：傻大姐颜，林黛玉心。

后来他喜欢上了一个女孩儿，追求的过程却是处处碰壁。

他找人诉苦说："我真的从来没对谁这么好过，原来爱一个人这么累，身心交瘁。"

旁人回答他说："如果有个人在车站五米开外看到公车，奋力以蜗速开跑。跑了三步便眼冒金星，看到公车绝尘而去……他悲愤莫名：我都竭尽全力到这一步，为什么还追不上它？你觉得这怪谁？"

他回答说："当然怪这个人自己呀。"

旁人接着说："对呀，追不上就是自己跑得太慢，不能要求人家为你停留。你追不上那个女孩儿，是你平时做人刻薄惯了，你又凭什么要求别人对你温柔？"

爱是一件天时地利的事情，你是谁，便遇见谁。如果你想要拥有一份满意的爱情，那就先要让自己成为一个更好的人。

2

不喜欢就不要选择，喜欢了就要坚持。无论遇到什么事情，都不要轻易说"不爱了"，不要轻易放弃当下的这段感情，因为，下一站的人未必比现在的好。

你既要有勇气让爱情发生，也要有同样的勇气对待爱情结束。你会怀念，但不会很久。

有些人出现了，又走了。然后一切回归原点，只多了一份沉甸甸的回忆。时光打磨，唯愿没有让它暗淡。

爱是一种运动，身体上要鞍前马后、四处奔走；脑力上要殚精竭虑、急被爱者之所急；眉尖记挂的是她，嘴里说的也是她，一心一意为着的，还是她。

万千辛苦，能换得对方一个笑靥，就是爱的报偿。

同一段爱的旅程，为什么人家跑得轻轻松松，你挥汗如雨？恐怕要问，日常的你，是否太多被爱，太少去爱？你有没有照顾过病中的家人，朋友急难时有否拔刀相助，对陌生人能不能尽到礼仪与本分？

我们经常说，要和自己赛跑。那是坚持不懈者的自我鼓励。但大部分情况下，社会有一个公认的爱的底线：必先达标，才能进入角逐。如何才能达标？当然是养成"锻炼"的习惯。

爱的锻炼从何入手？

老舍的《二马》里有这么一句俗语："爱狗爱花爱小孩，就是好丈夫。"你可别以为这说的是个人趣味。

这三样事物都要大花心血鞠育的，小狗要遛弯、剪毛、教大小便，养花是剪枝、浇水、捉虫、搬盆，小孩儿就更不用说了，陪小孩儿玩一下午，比打一次仗还累。

一个人在小狗身上培养了耐心，花草上腰酸腿疼过，被小孩的眼泪鼻涕糊一身仍能笑嘻嘻，于是学会了照料怜惜弱小者，明白顺势而为远比一腔热情蛮干重要，知道每一朵小幸福的背后都是无限付出。

这样的他，再来应付爱情里的小枝小丫，自然得心应手。而如果反过来，在家里是等人伺候的大爷，在单位是只顾己不顾人的自私鬼，在公车上让个座都要叫苦连天。

这样的人，即使有爱，也不过是尚方宝剑，十年八载不动用一次。

平时束之高阁，需要的时候拿出来：大哥，大哥，你看不到上面的锈渍斑斑吗？你还记得师父教过你的剑法吗？

连最基础的人与人之爱，最初步的怜老恤弱都做不到，就别提那高强度的男女之爱了，那会是你终生都无力完成的马拉松。

爱的锻炼，贵在细水长流：从现在开始，从一草一木开始，从身边人开始，让脸孔适应微笑的轮廓，让双手变得有力，让自己做一个愿意给出爱，也因此可爱的人。（文／叶倾城）

只要有想见的人，
就不再是孤身一人

总有那样一个人让你想到后嘴角上扬，仿佛黑暗中的光，让你看到希望。

1

对方说："我已经不爱你了。"

你着急了，脱口而出："没关系的啊！我们还是可以在一起的啊!"

对方疑惑地问："啊?"

你坦然一笑，回答说："在一起做朋友啦!"

对方松了一口气，然后严肃地说："对不起。"

你很轻松地回了一句："没关系啦，这事是勉强不来的，以后多联系呀，再见。"

说完，你忽然哭了。不是因为伤心对方已经不爱你了，而是因为这一瞬间，你猛然醒悟：

那么、那么喜欢着的一个人，从此以后，都只能以朋友相待了。

你心里有这样一个人吗？曾经爱过，后来却不爱了；曾经朝夕相处，如今天各一方了；曾经可以掏心掏肺地说出心底的话，现在只能礼貌地说句"好久不见"……

但不论如何疏远和陌生，他依旧是你最想去见的人，不是吗？

2

在心里放一个人，世界将为你开启。

在心里放一个人，生命将重新定义。

在心里放一个人，心就柔软了，情也容得下岁月的痕迹，不至于伤愁，秋意便有了缠绵的味道。

在心里放着一个人，含羞便复活了，即使千山万水，一万两千多个日子过去了，含羞的人依旧会在想起那个人时，怦然心动。

不管时光怎样变迁，都会有这样一个人，一直住在心底。

熟悉的小路、熟悉的小店、熟悉的小物件，同样一条街，一个人再走一遍，一点点还会触及那些过往……

已经过了很久了，潜意识里告诉自己很多次"我已经放下了"，说了好几次，真的以为什么都已经放下了。

忘不掉的是回忆，继续的是生活。

来来往往身边出现了很多人，总有一个位置一直没有变，看看温暖的阳光，偶尔还是会想一想。

青葱岁月的爱情，真的可以很纯粹。喜欢的永远是在你面前的这样一个人，不会掺杂一些属于社会的情感。

所以更值得珍惜、留恋……

两个人能够自然而然地在一起，就是一种珍贵的幸福。远眺、仰望着的爱情，都不真实。但我还是会相信爱情。

走过的那一段已是一段蒙太奇的胶片，剪辑了一些，落在心里。偶尔拾起，翻阅……

你对着我唱，我突然好想你，为什么你带我走过最难忘的旅行，然后留下最痛的纪念品。

现在要一份纯粹的爱情，真的很难。放不下骄傲，放不下身段，掺杂太多人、太多事，彼此撑着，最后以"爱不起"、"不适合"收场。

陪我们走到最后的人，也许算不上是我们最爱的，但会是最合适的。这样也很好，不是吗？人生本不完美。

也许懂得知足，我们现在的生活就不是现在这个样子。年轻就是这样，有错过，有遗憾，最后才会学着珍惜。

再祭奠一次，过去的那段情事，一直住在心底的那个人。然后推开门，回到自己的世界，心平气和地舒一口气。

谢谢你让我拥有那一段感觉：完整、真实、自然。

这样一个过往，留给我慢慢品。如花如世，盛开的时候确是娇艳，开过一季，足矣！

当你想一个人，不悔不怨的，纯粹的，没有因果、独立于世俗的，那么心底就有了他存在的空间。

千帆过尽，岁月更迭，故事永远不会改变。

在心里放一个人，今生今世，不会孤单。

我 遇 见 的 人 越 多 ，
我 就 越 庆 幸 遇 见 过 你

每个人心底都有那么一个人，已不是恋人，也成不了朋友。

时间过去，无关乎喜不喜欢，总会很习惯地想起你，然后希望你一切都好。

1

中学时，他说："我喜欢你。"

她无奈地看着他答："好好准备中考，高中再说吧。"

高中，他说："高中了，可以接受我了吗?"

她高兴，窃喜，还有一丝忧虑："大学吧，现在是关键时刻。"

大学了，他们却到了不同的城市。

几年后，两人再次见面，她更加漂亮，更加成熟，但在他眼里，却是有着令人难以接近的气息。

他无奈地笑笑，与她擦肩而过，转身的一瞬间，她回了头，心里不甘。

她问他："为何不再问问我是否会接受你呢？"

他无比伤感地说："因为我们，已经回不去了。"

人生就是一列开往明天的列车，路途上会有很多站，很难有人可以自始至终陪着走完。当陪你的人要下车时，即使不舍也该心存感激，然后挥手道别。

2

一粒种子被风吹起，如果落在肥沃的原野上，来年定会开出绚烂的花朵；如果被抛在荒凉的沙漠中，必会寂寞一生。

不是每朵花都能得到蜜蜂的亲吻，不是每枚果子都能滚落到草地上。不是每条毛毛虫都能变成蝴蝶，不是每只鸟儿都能欢快地歌唱。

人来人往，犹如潮涌，谁又和谁能激起那爱慕的浪花？

两个没有缘分的人，即使离得再近，一个是北冰洋上的一块冰，另一个却是南极洲上的一块石，遥不可及。

两个有缘分的人，即使离得再远，一个已是融化了的一滴水，另一个便是那水中的一粒尘，没有距离。

所谓缘分，就是那惊鸿一瞥般的遇见。从此，两个人的人生轨迹开始改变。

假如不曾遇见你，我还是那个我，偶尔做做梦，然后，开始日复一日地奔波，湮没在这喧嚣的城市里。茫茫人海中走着自己的路，繁忙的工作中寻找着自己的充实。

假如不曾遇见你，我还是那个我，我不会了解，这个世界还有这样的一个你，只有你能让人回味，也只有你会让我心醉。

假如不曾遇见你，我不会相信，有一种人可以百看不厌，有一种人一认识就觉得温馨。明知不能相逢，为何魂牵梦系？我又怎能深刻地体会到什么样叫远，什么样叫近，远是距离，近在心底。

假如不曾遇见你，不曾想过会牵挂一个远方的人。我有深切的愿望，愿你快乐每一天。淡淡的情怀很真，淡淡的问候很纯，淡淡的思念很深，淡淡的祝福最真。虽然一切只能给虚幻中的你。

假如不曾遇见你，我不知道自己有那样一个习惯，收集你的欢笑，收集你的感情，收集你的一切一切。

假如不曾遇见你，我不能深刻地体会孤独和忧伤，有着莫名的感动，激荡着热泪盈眶的心情入眠。我怎么会知道想一个人的滋味是这样的苦涩，才会明白爱情的味道——心酸。

假如不曾遇见你，我不会保持着一个人的想象，即使这想象难免寂寞无奈，但我仍然坚持着这样的梦想。

假如不曾遇见你，我怎会理解一个人的孤独是那样铭心，但却可以释放自我的彷徨与无助。含泪的沧桑，无限的困惑，因为遇见了你，才会有更深的意义。可为什么在爱的时候，总伴着淡淡的心伤？

假如不曾遇见你，我不会发现，你的一切比任何一切更重要。假如不曾遇见你，我怎么会了解，原来没有真正纯洁的爱情，只有晶莹的感情。又怎么明白，时间只会加深对你的感情，难舍难分。

假如不曾遇见你，我怎么能知道爱情存在的真正意义。必须有缘才能共舞，珍惜今天所爱方能同步。不能和你同途，也不能与你同步。

假如不曾遇见你，怎么能够感悟得到，爱情只有演化为亲情方可维持得更久。

假如不曾遇见你，我仍是我，你仍是你，只是错过了人生最绚丽的奇遇！

据说，每当看到流星划过天际的时候，每个女孩子都会悄悄许下同一个心愿，那就是能在某一天，会有一个奇妙的遇见。为了这个遇见，宁愿付出一生的等待。

人这一生不知道要遇见多少人，每一次遇见并非都有缘。有缘的那次，一定要珍惜！

爱，
是一场天时地利的相遇

我一生中最幸运的两件事：一件是时间蔓延也无法将我对你的爱消耗殆尽；
另一件是很久很久以前有一天，我遇见你。

1

24 岁跟你相恋，26 岁嫁给你，28 岁一个生命的诞生，29 岁时孩子叫我们爸爸妈妈。

33 岁走过 "7 年之痒"，40 岁激情褪去，我们仍然相爱。50 岁孩子有自己的爱情，60 岁我们一起去旅行，70 岁我们子孙绕膝，76 岁是我们的金婚。

80 岁不再恐惧死亡，因为你在。生命最后一天，我希望我先走或与你一起离开。

因为遇见了你，是我生命中最美丽的意外；因为一直有你，所以生命中的每一天都繁花似锦。

2

穿行在茫茫尘世，洗净铅华，在路上，见识世界；在途中，认清自己。

根本不懂得爱，更不知如何去爱你。在这样一个动乱的年代，始终秉持这样的态度，人活着就是为了爱，人死后也是为了爱，因为有爱的存在，所以心才会深深地痛着。

爱，是一场天时地利的相遇，无须等待，也不必准备。

忘不了，不是因为过去太美好，而是现实太残酷；忘不了，不是因为难以忘却，而是寂寞撩人。如果不说对不起，如果不说忘不了，也许就在不经意间走出了过去的圈子。

生活中，我们往往是在感性的时候却理智，在该理智的时候却感情用事。其实，有时我们也要像傻瓜一样去爱，因为只有当爱成了一件简单的事才能持久和深刻。

在流年里等待花开，处繁华中守住真淳，于荒芜中静养心性。

很多事，烟消云散，只是一瞬间。很多人，视而不见，也只是一念之间。

对你的想象，就像是花影扶疏的安静里，衍生出来的一首词。习惯了一个人，竟那么安静地待着，安静地想你。每一片花瓣的飘零，都如同你的笑靥，我安于静听。所有的美好瞬间走过。

语言很多的时候都很虚假，一起经历的事情才最真实。

我们所回首的，都是在回望的凝视里静默。红尘的故事里，我是怎样的执着，执着到守望地等待永恒。一程远眺的风景，站成我与你，相对的唯一，尽管孤单，尽管遥遥无期。

也许，你走出了我的视线，但是，却没走出我的思念。

很多事犹如天气，慢慢热或者渐渐冷，等到惊悟，已过了一季。

我轻轻地靠近你，将你我的十指相扣，与你的耳际，深情地一吻，我要和你静听花落，我们一起轻度流年。

有些人认识便好，不适合相伴左右，那是海市蜃楼，不是细水长流。有些风景，有幸遇见，不求长伴左右，只要一眼，也是长相守。

第三辑

愿你的心中，
每天都能开出 **一朵花** 来

相信明天不会比今天更坏，
如果还能再坏，
那今天的糟糕就不算什么。

蝴 蝶 飞 不 过 沧 海，
没 有 谁 忍 心 责 怪

低头不是认输，是要看清自己走的路；仰头不是骄傲，是要看见自己的天空。

1

绘本作家几米有一幅《露露的功课》，画面很简洁，一个女孩儿带着一只鸭子在走。

底端配着稚拙的文字："露露不会游泳、不会飞，她的鸭子也是。露露带着小鸭，天天到池塘边看别人怎么游泳、怎么飞，日子一样很快乐。"

露露和鸭子太聪明了，自己无法拥有，就去快乐地欣赏别人的拥有，生活才不会沦为暗淡，心情才不会颓废。

2

我希望自己能成为一个让人感到温暖的人，像一棵树，根深深地扎进泥土里，枝杈努力伸向天空，活得坚韧而自由。

我希望自己包容、平和、温润、有力，不去争吵也不抱怨，去很多地方，结识很多有趣的人。

我也没什么大的奢求，只希望能保持微笑，缓步前行。

愿意吃亏的人，终究吃不了亏。吃亏多了，总有厚报。喜爱占便宜的人，定是占不了便宜，赢了微利，最后失了大贵。

多少时候，因为得不到，所以假装不想要。没有人能完全把自己赤裸裸地展现在别人面前。

风吹过幽谷，心里不再有宁静，岁月流过沧海，一切都变了模样。该铭记的，深深铭记；该遗忘的，从脑海里抹去。让生命如一泓清泉，静静流淌。

无论是坎坷还是平坦，用坚定的脚步走过；无论欢乐还是忧伤，用平常心去接受；无论得到还是失去，用坦然的心去面对。

起风的日子，更应该坚强。人生原本就是在得到与失去中轮回，一如我们的生命，在脆弱中走向坚强，在繁荣中走向衰败，又在颓败中萌生希望。

给自己觅一个角落，安放心灵；给自己寻一个空间，学会成长；给自己找一个理由，让笑容灿烂绽放。把握好生命里的暖，人生起风下雨的日子，好好呵护自己，也唯有温暖自己，才会有春天般的明媚与绚丽。

很多时候，我们能看清自己，却不能看明白自己的生活，隐藏着困惑的生活，是让我们的灵魂在幽暗深处思考。

或者就是因为生活中的这些莫名的悲喜，让我们知道保存一份温暖给自己是多么的重要，把过往当作插曲，把未来当作梵音。

生活里，每个人都有自己的追求。想要平淡，可金钱和名利的诱惑，始终是凡人摆脱不了的；想要自由，可责任，道德和做人的准则，将自己捆绑得结结实实。可是，你要知道，世界上从来就没有称心如意的事情。

不管遇到了什么，我们都要学着平和，这就能在现实的缝隙里得到喘息，只有在这个时候，才能看到真实的自己，才知道享受和虚度实际上是一样的意思和概念。

实际上，我们什么都不能得到，只是来到这世上，温暖宁静地体验一回，所以请放下你的固执、坚持和不切实际的梦想。只有这样，才能在黎明到来之前，用自己的方式给自己温暖和力量，才能宁静地迎接新一天的开始，才能继续演绎人生的精彩。

不要说闲暇是浪费，不要说缝隙里的生活不是精彩，正是这让人看起来不靠谱的生活，也许才是对自己的善待，才是自己应该把握的温暖。

人生不排除遗憾，也不苛求完美，正如蝴蝶飞不过沧海，没有人忍心责怪。生活也不应该缺少温暖，把握好了在暗夜里的沮丧心情，那么每个白天，都将是天赐的好时光。

人总爱跟别人比较，看看有谁比自己好，又有谁比不上自己。而其实，为你的烦恼和忧伤垫底的，从来不是别人的不幸和痛苦，而是你自己的态度。

有大快乐的人，必有大哀痛，有大成功的人，必有大孤独，这就是情感的节奏。

从现在开始，不沉溺幻想，不庸人自扰，踏实工作，好好生活，做一个接近幸福的人。

愿你的心中，
每天都能开出一朵花来

人生是一条路。是一条有许多岔路口的路，
人生没有完美，遗憾和残缺始终都会存在，懂得遗憾，就懂了人生。

1

有一个诗人，才华横溢且家境富裕，妻子美丽温柔，儿子聪明伶俐，但他怎么也感觉不到快乐。

他请上帝帮他找回幸福，上帝先夺去了他的财产，再带走他的妻儿，最后拿走了他的才华。

诗人痛不欲生。

过了一个月，上帝把这些又重新还给了他，诗人搂着妻儿，长久地跪在上帝脚下，深深地致谢，感谢上帝赐予他幸福。

生活中总会有遗憾和不如意之处，但幸福和快乐却从不限量。很多时候，我们都是站在幸福里，寻找幸福。

2

不能复制的是时间，不能重演的是人生。什么都可以不好，心情不能不好；什么都可以缺乏，自信不能缺乏；什么都可以不要，快乐不能不要。

生活若剥去了理想、梦想、幻想，那生命便只是一堆空架子。

洒脱，是人生最美的心境。拥有这份心境，生活会多一些淡定，喜悦，平和；少一些浮躁，忧伤，抱怨。

阳光不同，是因为心情不同；绿叶不同，是因为风向不同。

生活就是这样，人生会面对不同的选择，不管你的选择是什么，请别忘记：路是自己走出来的，快乐是自己创造出来的！

心中有了窗棂，阳光才能照进来。心中有了明灯，你才不会困惑迷茫。不仅自己要拥有一份明朗的心情，还要给别人带去明朗、愉快的心情，将自己的真实和美好送给别人，别人不会总送给你一张苦脸。

如果烦心事太多，别怪别人，分析一下原因和来龙去脉，往往是因为你的心胸还不够宽大。要学会拓宽自己的心胸。要记住，许多情况下，你的心胸是被冤枉和委屈撑大的。

我们常常要透过别人这面镜子，才能了解自己。但既然是镜子，就有可能变形或扭曲。这时，我们要靠自己的敏锐感觉看清楚自己。

每当你觉得快乐或不快乐，满足或不满足时，你都清楚地跳出来看一下自己，这时被刺激、被满足的究竟是什么？

人的确很难认清自己。唯有常常问自己问题，和自己保持距离，你才能清楚地看到那个状态下的自己是什么样子。

一件起初看来会让自己开心的事，最后却反而让自己痛苦。那么错的原因不在于这件事，而在于你自身。

你用抱怨来填补乐趣，那乐趣自然逐渐消亡，你用怨恨来补偿快乐，自然就会离快乐越来越远。

想要快乐和遭遇不快乐的事情并不矛盾，因为没有一个人，能一辈子享受幸福快乐。

只有经历过，才会懂得；只有痛苦过，才知道快乐时刻是多么开心；只有付出了，才能获得回报；只有辛苦过，才知道快乐其实是那么不易；只有失败过，才知道成功是那么艰难。

　　不要那么敏感，也不要那么心软，太敏感和太心软的人，肯定过得不快乐，别人随便的一句话，你都要胡思乱想一整天；别人随意一个动作，你就要反复斟酌几个小时，还有什么快乐可言？

　　如果你的生活以别人为中心，你会活得很辛苦；如果你的生活以爱情为中心，你会活得很纠结；如果你的生活以攀比为中心，你会活得很苦闷；如果你的生活以宽容为中心，你会活得很快乐；如果你的生活以知足为中心，你会活得很幸福。

　　逃避不一定躲得过，面对不一定最难受；孤单不一定不快乐，得到不一定能长久；失去不一定不再有，转身不一定最软弱。

　　别急着说别无选择，以为世上只有对与错；许多事情的答案都不是只有一个，所以我们永远有路可以走。

生 活 不 是 等 待 暴 风 雨 过 去 ，
而 是 要 学 会 在 雨 中 起 舞

每个人，都有命运赋予自己要走的路。这条路有时候宽阔，有时候狭窄。
不过，只要平心静气，满怀希望地走下去，必然有一条路为你敞开。

1

他只有一只左手，可是他说："我不用担心另一只手会和它抢东西了。"

他全身瘫痪，可是他说："我整天躺在床上，我想我的前世一定是一个懒惰无比的人，为他的来生许下了这个连屋子都不用出去的心愿。"

他只有右眼能见到一丝光，可是他没拿它来哭泣，也没靠它来忧伤。他用它读书看报。

他得到的那么少，可他居然是快乐的！

也许你曾觉得：只有夜晚一床温暖的棉被和一个好梦，才可以慰藉每天有太多不如意的我们。可是你是否曾想过，有多少人正在羡慕你的生活。没有永远晴朗的天气，也没有永远无忧的生活。最好的态度，不是等待暴风雨过去，而是要学会在风雨中起舞。

2

无论过去发生过什么，你要相信，最好的尚未到来。即使生活给你一千个伤心的理由。你也要找一千零一个开心的借口，不管这世界多么残酷，都要保持一颗释然的心，用你的笑容冰释所有冷漠。

一个人，先得受伤才能明了，先得跌倒才开始成长，先得丢失才会有收获。　很多时候，就是在跌跌绊绊中，我们学会了生活。

生活中最关键的不是你如何努力，也不是你处在于怎样的位置，而是你在那个位置干过些什么。

感情中最关键的不是你爱过谁，也不是为了谁你才爱，而是你们彼此曾经为了爱不惜一切代价去珍惜。

人生最关键的不是你看开了什么，也不是你决定去干些什么，而是你当时有怎样的一种勇气与胆识！

人生的旅途中，总有那么一段时间，需要你自己走，自己扛。不要感觉害怕，不要感觉孤单，这只不过是成长的代价。生活，不是等暴风雨过去，而是学会在风雨中跳舞。

有时，谎言那也只是一种保护，不知道真相的那也是一种幸福。喜欢的人不出现，出现的人不喜欢。——这都是因为你太爱自己了！

都说理想丰满、现实骨感，其实理想和现实之间的差距，恰恰是我们内心对自己认知的错位。总觉得生命中迎面而来的人太糟糕，或许正是因为把自己设想得太完美。

人大了，渐渐学会把秘密和想说的话藏在心底，守住自己的心事，不肯说与人听，就像一头动物，把一堆有用没用的东西统统衔回自己的洞穴里藏起来，然后很机警又孤独地在那个洞穴外面踱着步、守着、徘徊着，不让任何人接近，终有一天，累倒了。

岁月之中，忘记不了的就铭记；生命之中，坚持不了的就放弃。人生，原本就是一次历练，快乐着就是幸福的，适合自己的就是最好的。

学会知而不言，因为言多必失；学会自我解脱，因为这样才能自我超越；学会一个人静静思考，因为这样才能让自己更清醒、明白；学会用心看世界，因为这样才会看清人的本来面目；如果你不被珍惜，不再重要，学会华丽的转身。

你可以哭泣，可以心疼，但不能绝望。

人生都是活在今天。你今天的苦果，是昨天的伏笔；当下的付出，是明日的花开。

人只要生活在这个世界上，就会有很多烦恼。但是，痛苦和快乐取决于你的内心。再重的担子，笑着也是挑，哭着也是挑。

生活再不如人意，都要学会自我温暖和慰藉，给自己多一点欣赏和鼓励。

人生是一本书。有的写得精彩，有的写得平庸；有的写得厚重，有的写得轻薄；有的写得恢宏，有的写得小气；有的写得平顺，有的写得曲折；有的留下光彩，有的留下遗憾；有的留有思考，有的只剩空白！

别 像 智 者 一 样 劝 慰 别 人 ，
别 像 傻 子 一 样 折 磨 自 己

不是日子重复导致了枯燥无聊，而是你枯燥无聊，把气撒在了日子的重复上。

1

曾经有这样一项有趣的调查：世界上什么人最幸福?

在上万个答案中，其中有四个令人印象深刻：

吹着口哨欣赏自己刚完成的作品的艺术家；给婴儿洗澡的母亲；

正在沙地上堆城堡的孩子；劳累了几小时终于救活了一个病人的大夫。

幸福就是如此，只要用心感受，平凡并不简单。

2

你要相信，你终究会被这个世界温柔相待，幸福只是迟到了，它不会永远缺席。

当你单身的时候，你眼里看到的都是一对对幸福的情侣；当你恋爱的时候，你看到的都是快乐的单身族。

幸福，不是刻意去寻找。是拥有时，却并不自知。最好的一切，拥有时，好似感受不到，一旦失去，却疼了肺腑。但凡住在心渊最深处的人，都是不吵不闹，陪你到最远的将来。

很多时候我们以为，幸福存在于人们金钱与权力的游戏里。拥有美丽堂皇的洋楼别墅，出门私家车代步，又或者功成名就，披金戴银，职场上一人之下，万人之上，别人投来羡慕的目光，还有向往的眼神……

回头细想，现实世界中能达到这个条件的有多少人？难道其他人就没有感受过幸福吗？世人为了寻找幸福，不惜走遍千山万水，蓦然回首，幸福远在天边，近在眼前。

很多时候，当我们为找不到幸福而苦恼时，并非是幸福真的远离了我们，变得遥不可及，而是我们自己迷失了方向，缘木求鱼。由于我们自身变得麻木，以至于对幸福熟视无睹，但幸福始终默默地跟随着我们。

有一天我们幡然醒悟，蓦然回首，会发现幸福正在拐角处对我们微笑，静静地等候着和我们一起回家，刹那间我们止不住热泪盈眶，感动万分，在心里祈祷：生活真美，感谢天地，让我拥有这一切。

聪明人未必幸福，但智慧的人会看到幸福；灵巧者未必幸福，但豁达的人会找到幸福。幸福与智慧、豁达始终相伴。

在这个世界上，你未必是最幸福的，但你肯定不是最不幸的。

幸福像花儿一样，每朵花儿都会绽放，你的、我的、他的；每朵花儿也都会凋谢，你的、我的、他的。你不可能一直处于幸福之中，但你总该体验过什么是幸福。

有钱人未必幸福，但知道自己富足的人可以体会幸福；没钱人未必不幸福，但珍惜自己已拥有的人同样可以感悟幸福。幸福和金钱未必成正比，但也未必水火不容。

上苍让我们变成一朵朵花儿，我们能做的只是不停地延长自己的花期、不断地增加自己的花季而已。每一个花季都有其独特的美，无所谓谁更优更劣。

人生不正是如此吗？每个阶段都有值得珍惜和回味之处，我们可以欣赏童年的纯真、少年的热情、青年的自信、中年的沉稳、老年的从容，而不必挑剔甚至怪罪年幼的无知、年少的鲁莽、年青的轻狂、年长的世故、年老的迟钝。

　　幸福不是一天就能获得的，正如不幸福的困境也不是一天形成的。无论建立还是毁坏，都是经过日积月累形成的。

　　所以，培养自己对"小事"的耐心，愿意从饮食起居做起，一点一滴地积累自己的小幸福，那么你就会渐渐拥有平和的心境。不要把所有的感情都放在一个人身上。

　　懂得让步的人是聪明的，这是把决定事态走向的主动权握在了自己的手上。在感情的对抗战中，赢了面子就输了情分。往往死撑到底的人，都成孤家寡人。

　　弯腰不是认输，只是为了去拾起你那丢掉的幸福。

　　幸福可以来得慢一些，我可以耐心等，只要它是真的。

接 纳 ，
是 最 好 的 温 柔

谁都不甘心委屈地活着，但很多时候我们对"让现实马上改观"无能为力。

曾经那些解不开的疙瘩，慢慢地学会了系成一朵花。

人生总有缺憾，接纳了，也就成熟了。

1

有一位腿有残疾的民营企业主，经过自己十几年的奋斗拼搏，终于成了遐迩闻名的雕刻家和经营雕刻精品的大老板。

有人对他说："你如果不是有残疾，恐怕会更有成就。"

他却淡然一笑说："你说得也许有道理，但我并不感到遗憾。因为如果没得小儿麻痹症，我肯定早下地当了农民，哪有时间坚持学习，掌握一枝之长？我应该感谢上帝给了我一个残缺的身体。"

每个人都有足以让自己确立自信的优于别人的长处。

一棵树，如果花不鲜艳，也许叶子会绿得青翠欲滴；如果花和叶子都不漂亮，也许枝干会长得错落有致；如果花、叶子和枝干都不漂亮，也许它处的位置很好，在蓝天的映衬下绰约多姿。

2

一个人的成熟与否，并不一定要出口成章、讲得出许多深刻的道理，或者是思想境界达到多高的境界，而是待人接物让人舒适，不卑不亢，能保留自我的棱角又有接纳他人的圆润而活着。

面对不喜欢的人和事不需要辩解，仅仅一个微笑就足够了。

当我们不认可自己时，我们就开始评判别人。当我们不接纳自己时，我们就开始抗拒别人。当我们没有自己时，我们就开始要求别人。总之，我们内在感觉匮乏时，我们就开始折腾、折磨别人。

一个人能够，并且应该让自己做到的，不是感到安全，而是能够接纳不安全的现实。

因为有的门关上了，你才不得不寻找新的路；因为有的人离开了，你才不得不遇上新人；因为不断被否定和拒绝，你才开始了自我肯定和接纳之路。

总有一天你会发现：正因为有的门关上了，才发现了真正适合自己的路；正因为有人离开了，才遇上了真正能给与你幸福的人；正因为被否定了，才找到了真正的自己！

真正的原谅，不是删除记忆，而是可以接纳那些"曾经"安稳地生活在你的记忆里。

曾经所有的故事，即便清晰如临，历历在目，终究还是隔岸看花，时光会把哪怕只是前一分钟也隔断成永远无法企及的距离。

岁月不仅会苍老我们的容颜，也会苍白所有的往事，所有的诺言都会随风化作一声声幽幽的叹息，唯有岁月的风霜铭刻在一路走来的脚印里。

感动与同情，激动与鼓舞，伤心与难过，愤怒与仇恨，我们经历着这一切一切，但是心里清楚地知道这只是一场短暂的游戏而已，哭过笑过也就过了。

孤独的时间久了，会变成习惯，懒得去热情；梦想搁置久了，会习以为常，懒得去追逐。

时间会改变人的性情，越来越怕开始新鲜的一切。惧怕开始，本质上还是因为惧怕结束。快乐时常让人胆怯，因为它总是短暂。人最易被转瞬易逝的快乐伤了心劲。

勇气，不光要能承受漫长的痛苦，更要敢接纳短暂的快乐。

人应该完整地接纳全部的自己，而不是删节的自己。很多时候，人的才华和潜能都隐藏在自己的伤疤里。

如果你因为怕丢人，讨厌自己的伤疤，试图抛弃自己的伤疤，那么，你也就抛弃了自己的才华和潜能，抛弃了真实的自己。

张德芬曾说："每个人都有权利用他想要的方式对待你，无论他是你的什么人，或你曾经对他施与什么恩惠。如何回应他们的对待是你的事，在情绪上接纳一切，但你可以据理力争，甚至离开，就是不要被激怒，否则你就是一个没有力量的孩童。"

原来，最痛苦的不是不被别人接受，而是到最后连自己也开始嫌弃自己，嫌弃到怕靠近任何人。一颗不懂得接纳自己的心，又如何称得上完整？

人生总要去面对许多的无奈，心灵总要经历世事的煎熬。也许尽管怎样的刻意，怎样的尽力也会在不得已中和幸福擦肩而过，与美丽隔岸凭望……

十字路口的徘徊与迷茫，心路的历程总是跌宕起伏，却在痛苦地挣扎出迷雾后恍然发现，自己的身上已多了一副坚强的盔甲。风雨再次来临时，不再是恐惧，不再是怯弱，也许，我们已经学会了从容一笑，步履坦然而坚定。

　　总会有一天你会明白，当你以一种更加宽容和博大的胸怀去接纳这个世界的善恶，那么世界也会以一种前所未有的姿态去包容你的一切，包括你的得失、你的遗憾、你的错过。

　　而那个时候才是真正的成长，我们终将可以成为不一样的更好的自己。等你重新站在幸福里，再次回首往事，不过是虚惊一场。

对付寂寞最好的办法，
就是与寂寞握手言和

人之所以伤心，是因为看得不够远。
未来没有来临之前，怎么知道现在所谓的困境，不是一件好事呢？

1

著名作家刘瑜曾讲过这样一个小事情。

一位留学的学生给她写信，问她如何克服寂寞？

这位学生介绍说，她刚到异国，英文不够好，几乎没有朋友，一个人等着天亮，又一个人等着天黑。

刘瑜回信说："我没有消灭寂寞的好办法，因为我从来都不曾克服过它。这些年来，我学会适应它，适应寂寞，就像适应一种残疾。"

寂寞根本不算是一件事，有时候，人所需要的是寂寞，是绝望，它可以让人心平气和，让你意识到你不能依靠别人来得到快乐；它也会让你谦卑，因为所有别人能带给你的，都成了惊喜。

一个人要像一支队伍，对着自己的头脑和心灵招兵买马，不气馁，有召唤，爱自由。

2

每颗心都不是监狱，却都是想去关住哀伤，趁着我们还未老去，请把它们都释放了。

一个人孤零零来到人世，寂寞是不能排遣、打发的。我太明白寂寞的苦楚，知道它要向我索取什么，便努力支付很多，想要将它遗弃，却不料，它又来了，而且这回，它要得更多。

对付寂寞，唯有一种对策，那就是与寂寞握手言和。

多少人在异地工作，忍受着孤独寂寞，下雨没人送伞，开心没人可以分享，难过没人可以倾诉，一个人走完四季，冷暖自知。

人生就是这样，耐得住寂寞才能守得住繁华，该奋斗的年龄不要选择了安逸。度过了一段自己都能感动的日子，就会遇见那个最好的自己，踏实点，你想要的岁月统统会还给你。

人的命运就像打牌，发牌的是上帝，出牌的却是你自己。好命碰上好运，就是一帆风顺的成功者；好命没有好运，就是纨绔子弟的失败者；坏命碰上好运，即百折不挠的胜利者；坏命也没好运，就是庸常或者顽劣的众生。

生活中的酸甜苦辣，需要我们用心体会。

处在寂寞中的人有三种状态：一种是惶惶不安，茫无头绪，百事无心，一心想逃出寂寞；

一种是安于寂寞，并渐渐习惯寂寞，建立起生活的条理，建立起读书与写作或其他的事物；

还有一种状态是寂寞成为一种失意的土壤，激发出创作的契机，并产生对存在、生命、自我的深邃思考与体验。

沉入自己的内在，感受心灵的纯洁与苍凉，渐渐地，你会把寂寞看作是自己的内在，心静如水，内心自在逍遥。

心灵寂寞的时候，会有一种力量触动自己，来源于心灵的小溪，如果素心如莲，那么心境就会如莲花一样的孤傲，一样的倔强与顽强。

无论面对什么，心如止水，心静如莲。

一个不甘于寂寞的人是一个灵魂空虚的人，他们处于寂寞中，会百无聊赖，岌岌不安。真正宁静的人是一个安于寂寞的人。只有在寂寞中，我们才会进行对灵魂的思考，对宇宙以及万物的深邃体验。

平庸的人，只是眷念近处的风景，贪恋凡俗的奢华，最终忘了赶路，舒适并安逸着，且自鸣得意，终一无所成。

优秀的人，独行在沉默的时光中，忍受着清平与寂寞，从不哀怨，从不言苦，踏着血汗的阶梯，攀上了他人企盼的高度。

曾经的苦与累，不是为别人受的，那是你蛰伏的背景，回眸的闪光。

一个人逛街，一个人吃饭，一个人旅行，一个人做很多事。一个人的日子固然寂寞，但更多时候是因寂寞而快乐。

极致的幸福，存在于孤独的深海。在这样日复一日的生活里，你要逐渐与寂寞达成和解。

看 似 生 活 对 你 的 亏 欠，
其 实 都 是 祝 愿

每个年龄，都有每个年龄相匹配的烦恼，无一例外。

每个年龄的烦恼，都会在那个年龄的地方，安静地等着你，从不缺席。

1

席勒曾经给成年人写过一篇童话；一个圆的一部分被切去了，它希望自己是一个完美的圆，因此它就四处去寻找它遗失的那一部分。

但因为它不是一个完整的圆，所以只能慢慢滚动，由此得以沿途欣赏草的芬芳，阳光的灿烂，并与蚯蚓娓娓而谈。

有一天，它终于找到了自己遗失的那部分，它高兴极了，因它又是一个完善的圆。

它又开始飞快地滚动，它在快速滚动中发现世界整个变了样，许多美好的东西都失去了，于是它又停下来，毫不犹豫地将千辛万苦找回的部分丢在路边，然后慢慢滚动着向前走去……

生活也是如此，总会有一些念头，怂恿着你去寻找更好、更完美的明天，却蒙蔽了你的双眼，让你看不到当下时光的曼妙与美好，反倒让你觉得生命中处处都是旋涡，时时都是生活对你的亏欠。

2

生活不会按你想要的方式进行，它会给你一段时间，让你孤独、迷茫又沉默忧郁，但如果用这段时间跟自己独处，多看一本书，去做可以做的事，放下过去的人。等你度过低潮，那些独处的时光必定能照亮你的路，也是这些不堪陪你成熟。

所以，现在没那么糟，看似生活对你的亏欠，其实都是祝愿。

生活从来不会刻意亏欠谁，人生就是一种承受。当背后有人飞短流长，任你舌如莲花亦百口莫辩，世道本是起伏跌宕。得志时，好事有如潮涨。不要把自己看得太重，委屈了、无奈了、想哭了，这些都是你生命中不可或缺的一部分。

让你难过的事情，有一天，你一定会笑着说出来。

生活从来都不会亏欠谁，只有春绿秋黄，你才能感受自然的交替；只有晴雨交错，你才能领略外界的变换。

痛是一种钙，能让我们长久地挺立；苦是一味药，能让我们顽强地支撑。如果觉得命运不公，那是因为心狭隘了，你想得窄，前方的路必然也会窄。

看开了，谁的头顶都有一汪蓝天；看淡了，谁的心中都有一片花海。

人生路上，总会遇到那么几个小偷，有人偷走你的钱财，有人偷走你的时间。

偷你钱财的人是在告诉你，生活不会如你想的那么一帆风顺、平平安安，安逸久了，总会破财消灾；

偷走你时间的人是在告诉你，生活里有些时间是会被别人偷走的，不珍惜，就不再是你的了，后悔也是无济于事的；时光小偷，谁能看透。

人生如茶，空杯以对，才有喝不完的好茶，过去了的事，就让它随风而散吧。

我们虽然错过了云，但是我们还可以拥有月；错过了风，我们还是有雨；错过了昨天，我们还是有今天。去做自己生活上的主人，让心为自己指引方向。

世上的事，不如己意者，那是当然的。人活着是一种心情，穷也好，富也好，得也好，失也好，一切都是过眼云烟，只要心情好，一切都好。

懂得放心的人找到轻松，懂得遗忘的人找到快乐，懂得关怀的人找到朋友。过好每一天，就是过好一生。

记住，自己再不堪，也是独一无二的自己。只要努力去做最好的自己，一生足矣！

成长就是这样，痛并快乐着。人生短暂，风雨崎岖，静静地在心里画一幅美丽的风景，淡淡而行，在素简之中采撷一些宁静，我自清欢，　熏香自己的生活，不惧风雨，也安然自己的生活。

那些转错的弯，那些走错的路，那些流下的泪水，那些滴下的汗水，那些留下的伤痕，全都让你成为独一无二的你自己。

世界再复杂，
也不要与自己为敌

这世界有猝不及防的夜路，每逢一片漆黑的时候，就当作睡前关了灯。
跟自己说晚安，天总会亮的。

1

古罗马皇帝奥勒留写了本《沉思录》，据说振聋发聩，读这本书时，会使人忍不住跟这位了不起的皇帝一起陷入梦幻般的沉思，但醒来时往往只记住一句。

他说："要假设你现在已经死了，一生已经结束，此后残余的岁月，只当是这一生的延续。"

皇帝鲜衣怒马还能做到不与自己为敌，他是真想通了。

最大的敌人其实是自己，我们总是自己为难自己，殊不知自己已经得到的太多了。人总要有梦想，这样才有追求。但人总不能奢求，因为那样只会让你更累。

有追求，很好，但不要奢求。

2

人生是一场永不落幕的演出，我们每一个人都是演员，只不过，有的人顺从自己，有的人取悦观众。顺从自己的，心安理得，取悦观众的，风声鹤唳。

每个人的性格中，都有某些无法让人接受的部分，再美好的人也一样。所以不要苛求别人，不要埋怨自己。玫瑰再美，也会有刺。

人生如路，要有耐心。世界很复杂，不要与自己为敌。

你要学会接纳不同的声音，让心灵懂得各种言语；要学会听懂别人对你的嘲笑，让它成为自己改正缺点的动机；要学会善听别人对你的谗言，让它成为别人的故事娱乐自己；要学会看待自身的缺憾，让它成为人生路上奋进的动力。

人生从来就没有回避凄风苦雨的可能，生活的幸福也就在于挫折和痛苦之间的协调，甚至是生活一团糟中找到的一种秩序，用自己乐观的方法，去对生命的一种拯救。

人生所有的故事，都是思考的契机，故事在岁月里越磨越淡，心地在岁月里愈加清明，用你的心去迎接着世界向前，去品味那新事物的不断呈现，治愈内心所有的冲突，勤勉清扫内心世界的空间，小小的人生，宽宽的回旋。

不要让那些固执的无名产生新的错误，突破那些内心的困顿，勿忘初心，抬头看世界，内容还是那么厚重，前方还是那么宽广，用生命的乐观去当作生命的材料。

与其每天担心未来，不如努力做好现在。因为，成功的路上，只有奋斗才能给你最大的安全感。

人生就是一场漫长的旅行，在乎的是沿途的风景，在乎的是看风景的心情。生活就是为了努力幸福而活着，为了忘记痛苦而活着。

人从出生到死亡，要经历多个阶段，每个阶段都有许多不尽如人意的地方。抱怨、心灰意冷、麻木不仁都无济于事，唯有从心底从容地接纳，并努力使其趋近于心目中的完美才是出路。

把不完美的人生当成人生的必修课程，我们要做的不仅是认真对待，努力地修满它，更要学得扎实彻底，创造更美好的未来。

生活中有太多的人事物引发我们的负面情绪，我们真正要做的是去接纳自己的情绪，像照顾孩子一样照顾它，而不是停留在自己的故事中说三道四、责怪别人。

这种惯性不容易改变，需要时刻提醒自己。这样你在情绪上就能成长为大人，更有内在的力量。

你要尝试去接纳自己，而不是跟自己着急。你要学会不妒忌别人的出色，别责难自己。

一旦你发现接纳了自己，那些生着的气一下子就没了，这就是人生的修炼，它让你一点一点地学会了安静，学会了宽容与欣赏。

一个人时不喧不嚷、安安静静；一个人时会寂寞，就用过往的美好填充黑夜的伤，一个人时不慌不乱，享受着这静好时光。

花 不 会 因 为 你 的 疏 离，
来 年 不 再 盛 开

太阳不会因为你的失意，明天不再升起；月亮不会因为你的抱怨，今晚不再降落。
蒙住自己的眼睛，不等于世界就漆黑一团；蒙住别人的眼睛，不等于光明就属于自己！

1

一位作家常常被问："人生有什么意义?"

到目前为止，他的回答始终是："人生有滋味，意义就无所谓
了。"

有人反问："那如果我的人生，全无滋味呢?"

作家笑着回答说："嗯，如果你的人生全无滋味，那'意义'应
该也补救不了什么了。你也不必再知道人生有什么意义了。"

酸甜苦辣，都是人生的滋味。尝一尝，挣扎一番，挺有意思的。
用品尝生活的态度去体检生活，用洒脱的态度去应答生命的考题。

人生如行路，一路艰辛，一路风景。你的目光所及，就是你的人生境界。

2

当你决定了从此要做一个快乐的人，你也知道了自己首先要做的是一个坚强的人。心若向阳，无畏悲伤。

这样的你，不埋怨谁，不嘲笑谁，也不羡慕谁。

阳光下灿烂，风雨中奔跑，做自己的梦，走自己的路。用心甘情愿的态度，过随遇而安的生活。

遗憾，随风散去，美好，留在心底，给心灵一米阳光，温暖安放。

没有阳光，地球依旧环绕，没有星星，夜空依然美妙。

在这个世界大舞台上，我们都是主角，亦是配角。彼此之间没有谁对谁不可或缺，独自一人时，尽情做自己的主角，或哭或笑，或悲或喜，即使无人欣赏也可以酣畅淋漓。

但是，当我们踏入茫茫的人海，成为别人舞台上的过客，成为他别人生活的配角，自己的悲喜被繁杂冲淡，我们便要学会把自己放在角落的位置。

　　不要太看重自己，没有在意就没有失落，没有失落也不会有怨恨。放开自己的心吧，也解开别人的心结，淡淡地生活着，快乐地生活着。

　　你要相信，人都有爱憎，爱让我们有了恨的理由，太爱别人，就希望别人同样地爱自己。倘若觉得别人没有做到，心里就会有不甘，就会埋怨，然后付出更多的爱，去争取在别人心中的位置。

　　其实，如果对方需要你，那么他们自然会为你腾出空间来。你不必为了在对方的生命里占有一席之地，而苦苦挣扎。

　　也许，怪别人不够在意自己，不如怪自己太在意别人，太在意自己在别人心中的地位，太在意别人的想法，无形之中，我们丢失了自己。

　　人都是渴望温情的，既想要融入他人的世界，获得理解与温暖，又小心翼翼害怕伤害。有时候我们会因为他人的小关怀而感动不已，有时候我们又会因为他人的一丝冷漠而介怀在心。

　　往往，越是敏感的人越是容易受伤，因为看得太深、太细，所以更加失望。好像自己的喜怒哀乐都被别人牵引着，那些来自亲情的、友情的、爱情的失落和伤害无法避免。

这个世界上最能伤害你的人，恰是你最熟、最爱的人，对于陌生人我们没感情所以可以不在意，不在意人根本没有伤害你的机会，而那些我们爱着的人，一句话就可以把你伤到体无完肤，我们相爱，相爱着又互相折磨着。

我们生来就是孤独的，不管你是走在熙熙攘攘的人群，还是被人簇拥着，这种孤独如影随形。我们走在各自的路上，就算擦肩而过，就算相拥而眠，心与心仍然飞翔在各自的天空。

所以，看淡来自别人的一切吧，看淡对自己的过分在意吧，放开了，也就幸福了。

一 切 都 会 过 去，
一 切 都 将 重 新 开 始

心里那块石头落了地、砸了脚，也比一直悬着好。

等一个结果太久，当知道是坏结果的时候，忧愁很少，反而备感轻松。

1

从前有位国王得到一块价值连城的钻石，打算把它做成一枚戒指，在里面塞进一张纸条，以便走投无路的时候，作为锦囊妙计。于是征求大臣们的意见，希望得到一句最恰当的话。

这时一位老仆说："我知道有这么一句话"，说完在纸条上写了下来，折好交给国王。并请国王等到山穷水尽的时候再看。

想不到，这一天竟然很快来到了。外敌入侵，国土不保，绝望的国王打开了纸条，只见上面写道："一切都会过去。"国王顿时平静下来，收起纸条，戴上戒指，重心集结起部队，经过苦战，收复了失地。

凯旋那天，人们载歌载舞庆祝胜利，这时，那位老仆又开口说道："现在您应该再打开那张纸条看看。"于是，国王摘下戒指，重读了一遍，心情又归于平静。

2

一件事，就算再美好，一旦没有结果，就不要再纠缠，久了你会倦，会累；一个人，就算再留念，如果你抓不住，就要适时放手，久了你会神伤，会心碎。

有时，放弃是另一种坚持，你错失了夏花绚烂，必将会走进秋叶静美。任何事，任何人，都会成为过去，不要跟它过不去！

许多事情，看得开是好；看不开，终归也要熬过去。别以为看不开就不会过去。

压力是不可避免的，失眠是无可奈何的，所以不要着急，不要烦躁，心平气和地接受。躲不开就接着，晚上睡不着那就白天睡。

没有跨不过的山，也没有蹚不过的河，再重大的事情都如过眼云烟，并成为不可挽回的过去。

时间是条无限延伸的线，所有的人都在这条线上跑着，并且是可以回头看，却不能往后走，谁能顾得了那么多？

任何人都必须要相信：一切都会过去。明白了这一点，灵魂就不会钻牛角尖，生活就不会惊慌失措。

明白并接受一切都会过去的事实是一种积极的态度。人生的面目总是多种多样的，有的人平淡无比，有的人荣耀非常，更有人风浪不断。

所有的困难都只是暂时的，再大的困难都会成为过去。既然一切都会成为过去，又何必让困难滞留太久？人不是被困才难，难的是甘心被困。困难这回事，度一度就过了，实在不算是洪水猛兽。

灾难是不长眼睛的，它想造访的时候就造访，万一这个不速之客降临了，怎么办呢？

信念最重要，只要你觉得它并不可怕就不可怕，你觉得可怕，它便会变本加厉起来。一切都会过去，灾难也是。

日子只有相似而绝不相同，一切都会过去的。过去的就过去了，有些事情实在不必太过认真。

人不但要与他人达成和解，更要与自己达成和解。说服别人，更是在说服自己，因为明白了一切都会过去，所以过去的就让它过去，否则就是与自己过不去。

一百年前，你不存在，我也不存在；虽然此刻你觉得感情沉重、离别痛苦，但想到缘起缘灭、似真似幻，生命和感情不过是梦幻泡影，没有什么是持久不变的，似乎不必太过执着。

等你到了一定的年龄，彼此的过去已经不再重要，那些曾经令你无比在乎的东西就好像半途而退的潮汐一般，似乎没有了提及的必要。这个世界上没有命运这回事，同时也没有意外。

生活中没有过不去的难关，生命中也没有离不开的人。如果你不被珍惜，不再重要，学会华丽的转身。你可以哭泣，可以心疼，但不能绝望。

今天的泪水，会是你明天的成长；今天的伤痕，会是你明天的坚强。

伤心和委屈的时候，可以放声大哭，但是哭完后记得洗把脸，然后拍拍自己的脸，挤出一个微笑给自己看。告诉自己，哭完了，就该忘掉，然后重新开始。

记得，每天的阳光都是新的。

从来都没有对错，
只有理解的 不同

当一个人已经看清了真相，
那么他既不会悲观，
也不会乐观，
他只是静观，
他不会再分对错，
而能全然地看出因果。
如果你的内在一直在成长，
你就能够破土而出；
如果你只是谋求外在的积累，
那么你将会被埋得更深。

你 是 为 最 坏 的 结 果 做 准 备 ，
还 是 往 最 坏 处 设 想

不要害怕拒绝他人，如果自己的理由出于正当。
当一个人开口提出要求的时候，他的心里已经预备好了两种答案。
所以，给他任何一个其中的答案，都是意料中的。

1

新加坡有两家餐馆，所处的地理位置极差，顾客很少。一家餐馆的老板整天唉声叹气，没多久便关门大吉。

另一家餐馆老板则是选择观察。他扮作顾客，去察访地理位置好的区域的餐馆。这位老板发现，这些闹市区的餐馆都太热闹，一些不喜欢"热闹"的顾客直皱眉头，匆匆用餐后，匆匆离去。

他想起了自己餐馆所处的独特幽静的地理位置，就将餐馆的外貌精心装饰得淡雅、古朴，还用莎士比亚时代的酒桶为顾客盛酒，用从印度买来的"古战车"为顾客送菜。

奇迹出现了：这家餐馆变成了新加坡好评度和生意最好的餐馆

之一。

同样的条件下，智者为好的结果做充分的准备，来转变劣势，走向成功；愚者只能在做一阵悲观的思想斗争后，选择了放弃。

2

天下只有两种人。譬如一串葡萄到手，一种人挑最好的先吃，另一种人把最好的留在最后吃。照例第一种人应该乐观，因为他每吃一颗都是吃剩的葡萄里最好的；第二种应该悲观，因为他每吃一颗都是吃剩的葡萄里最坏的。

不过事实上适得其反，缘故是第二种人还有希望，第一种人只有回忆。

人生最坏的习惯，是凡事总往最坏的结果想象；人生最大的悲哀，是自己对前途没有希望。

对待感情，不论是友情，还是爱情，你做好了要与他好一辈子的打算，也做好了他随时要走的准备，这大概是最好的感情观，深情而不纠缠。

对待生活，抱最大希望，尽最大努力，做最坏打算，持最好心态。记住该记住的，忘记该忘记的，改变能改变的，接受成事实的。太阳总是新的，每天都是美好的日子。

抱最好希望，尽最大努力，做最坏打算，持最好心态。

这是一种智慧的体现，最坏的打算就像是一根韧性极好的弹簧，当最坏的结果到达时，能够缓冲痛苦和失望带来的冲击。

很多事情我们无法掌控其发展，最后的结果也就不一定是我们所预期的那样。如果事情的结果不出所料，那当然是最好的；如果事情的结果出乎意料，甚至是最坏的结果，毫无心理准备的我们就得承受失望的痛苦了。

但是，事事都去做最坏的打算，就会很容易让自己变得悲观，很容易陷入绝望。假如对任何事情都不抱希望，永远只想到最坏的结果，会逐渐消磨自己的意志，没有坚定的信念面对未知的困难。这样一来，最坏的结果也就如期而至了。

所以在做最坏的打算的同时，还应该怀抱最好的期望。不要忘记事情具有两面性，而且世事变幻莫测，谁能确保最后的结果时好时坏呢？别把自己逼向死胡同，事情还没有结果的时候，不要过早地放弃希望，相信事情会有转机，不要让自己过早地放弃挣扎。

挣扎了，至少还有改变结果的机会；放弃了，就等于放任自己陷入绝望的深渊，任凭命运摆布了。

做最坏的打算，做最好的准备，打算不是为了犹豫，准备是为了不后悔。

最坏的打算就像是救生圈，风浪不知道什么时候会来，我们也不知道自己能否抵御风浪的冲击，就要给自己准备一个救生圈。在波涛汹涌的时候，如果我们有足够的能力去抵抗，那当然是最好的。

但是当我们失去抵抗的力气时，快要被淹没的时候，就可以凭着救生圈捡回性命，不至于被风浪吞噬。

面对任何事情，心存希望的同时，也要做好最坏的打算，让自己在陷入绝境的时候，仍然有一线希望。就算最后还是无法逃脱最坏的结果，但是至少已经努力过，也就不需要承受后悔和失望的折磨了。

我们最大的悲哀，是迷茫地走在路上，看不到前面的希望；我们最坏的习惯，是苟安于当下生活，不知道明天的方向。

被击败不是最坏的失败，真正的失败是根本没有试过，根本没有努力过。

从来没有对错，
只有理解的不同

年龄从来不是界限，除非你自己拿来为难自己。
愿你活出自己想要的人生，无论何时，年华都盛开。

1

有一个故事：一个年轻的女人，陪伴丈夫驻扎在沙漠基地，丈夫奉命到沙漠里演习，她一个人留在小铁皮房子里，不仅炎热难熬，而且由于语言不通，无法和当地人讲话。她难过极了，写信给父母要回家，她父亲的回信只有两行字，这两行字彻底改变了她的生活——"两个人从牢房的铁窗望出去，一个人只看到了泥土，一个人看到了星星。"

女人把这封信读了多遍，感到非常惭愧。她开始和当地人交朋友，人们对她非常热情。她研究那些引人入迷的各种沙漠植物，观看沙漠的日出日落……沙漠没有变，当地人没有变，只是女人的心态改变了。这一念之差使她变成了另一个人，原先的痛苦变成了一生中最有意义的冒险，并为自己的新发现而兴奋不已。两年之后她的《快乐的城堡》出版了，她终于"看到了星星"。

2

生命的旅途中有风和日丽，也有狂风暴雨，这需要我们用辩证的态度看待，用变通的方法处理。生活中许多事情并不尽如人意，我们常常担忧。

其实生活不可能百分百地完美，幸福快乐与否，在很多时候，取决于我们对事情的思维角度和方式。

许多事物，换个角度看，就有可能得出不同甚至完全相反的结论。所以，人生的快乐与否，完全取决于自己的心态。

当我们面对一些事情的时候，更多的是看阴暗面还是看光明面？当我们面对一个人时，更多的是看缺点还是优点？

当我们面对人生中的不尽如人意时，更多的是看到失去的还是得到的？选择什么角度，是每个人的自由，也是每个人的智慧。但我们应该知道：看法决定想法，想法决定做法，而做法决定了结果。

有位哲人曾说："我们的痛苦不是问题的本身带来的，而是我们对这些问题的看法而产生的。"这话很有哲理，它引导我们要会换个角度感受生活的美好。

在很多时候，我们所有的苦难与烦恼都是自己从狭小的一面做出的判断，不妨跳出来，换个角度看生活看世界，你就不会为各种不如意而颓唐。

生活里，对同一境遇，由于看问题的角度不同，感受就截然不同。如果我们能调适心境，以乐观的态度去面对种种困难、挫折，换个角度看人生，一定会有不一样的收获。

生活中，不要老用"锐角"去看待一切，因为用狭小的"锐角"去看一切问题时，你肯定会否定一些不容乐观的事情，把本来阳光灿烂的世界很快地抹黑，而使你对什么事情都感觉到很悲观。

"锐角"，永远看不了上下的光明正大，也永远看不了左右的海阔天空，更永远看不了远方的前程似锦！所以，无论经历怎样的酸甜苦辣，都要换个角度去看美好的一面，这样你的心胸、境界以及对人生的态度会宽阔很多。

已经发生的，也许难以改变，但怎么看它，却由你决定。如果我们换个角度，便会看得开、放得下生活中的那些不如意的人和事。

人生的起起落落、浮浮沉沉是难免的，山不转水转，只要有山有水，总有柳暗花明的地方，每件不如意的事总有其闪光的一面。

心若改变，你的态度跟着改变；态度改变，你的习惯跟着改变；习惯改变，你的性格跟着改变；性格改变，你的人生跟着改变。

人生中，能够换个角度看待事情，其实是一种突破、一种超越、一种高层次的淡泊宁静，能让人坦然而从容。

换一个角度看世界，世界其实无限宽大；换一种立场待人事，人事无不轻安。换个角度来看待人生便会产生另一种哲学，另一种处事观。

换个角度看世界，是一种心平气和的领悟；是一种心安理得的觉醒；是一种心满意足的雅致；是一种心中有数的谦让；是一种心旷神怡的和谐；是一种心明眼亮的博取；是一种心甘情愿的付出。

你 不 是 不 能 选 择 ，
而 是 忘 了 可 以 选 择

人活着其实就是一个选择的过程，不断地选择，不断地抛弃。

1

曾经有个为贫所困的人，去向一位智慧老人请教。

老者问："你为什么失意呢?"

他说："我总是这样穷。"

"你怎么能说自己穷呢? 你很健康。"

"健康不能当饭吃。"他说。

老者一笑："那么，给你一万元，让你瘫痪在床，你干吗?"

"不干。"

"把全世界的财富都给你，但你必须现在死去，你愿意吗?"

"我都死了，要全世界的财富干什么?"

老者说："这就对了，生命和健康，就等于拥有全世界最宝贵的财富，你怎能说自己穷呢?"

他听了豁然开朗，茅塞顿开。

每个人都有选择快乐的权利，只是很多人忘记了可以选择。

2

我选择善良，不是我软弱。因为我明白，善良是本性，做人不能恶，恶必遭报应。

我选择忍让，不是我退缩。因为我明白，忍一忍风平浪静，让一步天高海阔。

我选择宽容，不是我怯懦。因为我明白，宽容是美德，美德没有错。

我选择糊涂，不是我真的糊涂。面对误解委屈和不公正，只是不愿计较，从而大度应对，难得糊涂，笑看世态。

我选择真诚，我有话就直说。因为我明白，违心奉承是应付，忠言逆耳是负责。

我选择饶恕，不是我没原则。因为我明白，得饶人时且饶人，不能把事做绝了。

我重情义，不是我太执着。因为我总是想着与朋友们相处的美好时光，割舍不了那份难得的缘分和情谊，不应该掩饰内心的情感，我明白欺骗没有好下场，背叛没有好结果。

我选择厚道，不是因为我笨拙。因为我明白，厚德能载物，助人能快乐。

我们每个人都有选择自己想要的生活的权利，你从来都有这样的权利，只是你忘记了选择而已。

路，不通时，选择拐弯；心，不快时，选择看淡；情，渐远时，选择随意。很多时候，一个人选择了行走，不是因为欲望，也并非诱惑，他仅仅是听到了自己内心的声音。

面对很多选择，我们总是来不及思考选择。结果不是选择放弃，就是选择遗憾。

我们活在一个选择的时代，选择学校、选择工作、选择伴侣。但是与选择共存的条件，是放弃。

人生的路，靠自己一步步走去，真正能保护你的，是你自己的人格选择和文化选择。那么反过来，真正能伤害你的，也是一样，自己的选择。当你想选择一个人的时候，你拿什么去放弃，就衡量了他在你心里的价值。

选择关爱，不选择冷漠；选择喜悦，不选择流泪；选择美善，不选择丑恶；选择给予，不选择劫掠，选择创造，不选择保守；选择自由，不选择束缚；选择成长，不选择凋零……

选择一切正向的，不选择一切负向的。选择所有提升的，不选择所有堕落的。此刻的心之所向，都会使我们改变航道，迈向解脱。

成长是一个不断选择的过程，面对人生无数个岔路口，每个人都作出了自己的选择。有人选择了坚强，放弃了懦弱；有人选择了奋斗，放弃了安逸；有人选择了独行，放弃了跟随。

选择比努力更重要，因为选择决定着人生的方向，引导着未来的发展，一旦选择出现错误，更多的努力只会带来更大的偏离。

人生的高度，一半始于个人的努力，一半源自众多的选择。

人生的败笔，亦多是生于选择当中：一是不会选择，盲目攀高，肆意逐浪，心神分离，难修正果；二是不坚持选择，目常斜视，心易旁顾，朝秦暮楚，难成其大；三是不断地选择，胸无大志，似萍戏水，如草随风，难得善终。

从现在起，开始谨慎地选择生活，不再轻易让自己迷失在各种诱惑里。不需要回过头去关心身后的种种是非与议论。

当然，生命中可能总有那么一段时光，充满不安，可是除了勇敢面对，我们别无选择。

选择任何一种生活方式，都有得有失。所以，不用羡慕什么，也不用抱怨什么。你所能做的，只是保持身体和内心的平衡。

人生就像是一道多项选择题，困扰你的往往是众多的选择项，而不是题目本身。

心小了，所有的小事就大了；心大了，所有的大事都小了。看淡世事沧桑，内心安然无恙。

人 生 最 后 悔 的 事 ，
是 " 我 本 可 以 "

时间回不到开始的地方。所以对于得到，我们都应该充满感激；
对于失去，谁能保证那本该是属于你的？有些东西原本就是让你牵挂，而不是获取的。

1

一位年轻人问教授："人生的遗憾有哪些?"

教授说："人生有三种遗憾，即完成心愿、不能完成心愿、没有
心愿。"

年轻人不解。

教授解释道："完成心愿，一旦到达，欢欣过后，万般冷寂；无
法完成心愿，也是折磨；没有心愿的人最可怜，竟然不知道何去何
从。世上没有任何吸引、诱惑和目标，行尸走肉般地度过一生。"

年轻人又问："既然心愿达不达成、有没有心愿都会有遗憾，那
为什么还有很多人在继续努力?"

教授笑着说："因为人生最大的遗憾，是我本可以，却没有努力。"

人有的时候真是奇怪，选择了会后悔，放弃了会遗憾。但是请你记住：完美只能是一种理想，不是一种存在。

2

不要等到被人爱上了再去爱别人，不要等到寂寞了才想起朋友的重要，不要等到有了好工作再去工作，不要等到拥有了很多再去和人分享。

人生最遗憾的事情就是，我本可以，却没有努力……

人的一生中难免会遇到一些令人遗憾的事，当遭遇到这些时我们究竟应该如何对待？是就此深陷其中无法自拔，还是挺起胸膛勇敢面对？

因为害怕黑夜，就相信太阳会永远不落吗？因为渴望温馨，就相信花朵会缀满枝头吗？因为企求完美，就相信人生会永远没有遗憾吗？

没有离别的那一份遗憾，又哪有重逢的那一份狂欢；没有雨夜里的那一片无奈，又哪有晴空下的那一片珍惜。

人，不会因为要学会珍惜才去遗憾；人，更不应该在遗憾中，没日没夜地咀嚼，那只能是追悔和叹息。

所以，在花满枝头的季节里，不要错过时机；在落英缤纷的日子里，不要糟蹋自己；在旭日东升的一刻，去追赶清新和辉煌；在夕阳西下的时分，去整理沉思和足迹；在离别的煎熬中，请珍藏起思念；在重逢的喜悦里，任激情四溢；在雨夜的寂寥里，听屋檐下雨滴的每一声敲打；在晴空的自由中，看洁白的蒲公英轻轻飞起。

人生，多一分把握，就少一分遗憾。

少一分的遗憾，自会成为生活中的一种珍藏和值得回味的美丽；但太多的遗憾，我们的心灵和双肩却往往都承受不起。

当我们不得不无可奈何地面对遗憾的时候，让我们说：失去的未必是最好的，面对的未必是最糟糕的。

当我们不能不割舍遗憾而轻松上路的时候，让我们说：没有记忆就不算是生活，没有忘却也就品尝不到幸福。

初恋时我们不懂爱情，但感情上的遗憾当然还是越少越好；成功时我们已经懂得了艰辛，但成功中的遗憾，却未必是越少越好。

想想看，如果事事真的能都如人所愿，那你的生活，其实还只能是一连串乏味的成功；倒是这穿插其中的挫折和遗憾，颇让人体验到许多意想不到的东西。

所以，不要害怕遗憾。遗憾正证明着你的不知足，不知足正推动着你向上追求的无尽无止的脚步。

人生最大的遗憾，莫过于不去听从心灵的呼唤和渴望，莫过于不会或不能运用和发挥自己潜在的或全部的才华和长处，而让金子埋没于泥土。

如果这遗憾只是我个人的，我不能不因为它而痛苦不已。如果这遗憾不仅仅属于我个人，那么，光是我痛苦，又有何用?!

与遗憾不期而遇时，请告诉自己：正是因为人生中点点滴滴的不完美才让生命变得更完整，增加了生命的厚度!

所 有 你 乐 于 挥 霍 的 时 光，
都 不 算 是 浪 费

洗一个澡，看一朵花，吃一顿饭，假使你觉得快活，并非全因为澡洗得干净，
花开得好，或者菜合你口味，主要因为你心上没有挂碍。

1

　　当有人问萧伯纳是否幸福时，他回答说，他幸福是因为没有时间考虑这一点。他没时间，则是因为他要么在忙于工作，要么在忙于悠闲。

　　充实地工作是因为他热爱，而空闲的乐趣，在于他乐意挥霍这样的时光。

　　悠闲与时间无关，悠闲是内心的一种发现，悠闲是生活的一种乐趣，悠闲是生命的一种节奏。拿捏得住轻重缓急，忙而不乱，这是一种境界。

2

现实加上梦想，再加上幽默，等于智慧。人们常说，一个人要脚踏大地，头顶天空，就可以去实现理想了。但是，我们恰恰忽略了一个重要元素——悠闲。

如果我们顶天立地，生命将不失崇高，但是它轻盈灵巧吗？如果我们忍辱负重，人生将有所沉淀，但是能举重若轻吗？

我们能否多一点悠闲，以化解苦难？我们能否多一些悲悯，融化僵硬的心灵？

春秋两季，周末午后，哪儿也不去，就宅在院落中，陷落在那把老式藤椅和和煦阳光共同编织的舒适慵懒之中。喝茶，看书，让自己能够补上平日因工作生活的艰难繁重而落下的风雅这一课。

俗而累，且太久，人就浊气逼人。书看得倦了，就起身，放眼去眺望街景，小城四周的山峦。此等清闲，个中快意，不足为外人道，即便是说了，别人也未必体悟得到。

偶尔小酌是必需的。因为不是应酬，熟络的几个人不必客套，尽量尽兴就好。身心绵软，外壳和面具彻底解除，微醺的感觉令人恍然有逍遥遗世的错觉，觥筹交错推杯换盏的情形又渲染出烟火俗世的场景，顿时觉得现世安稳，美不胜收。

每日傍晚，下班回家，若不下雨，就选择步行。彼时，无事一身轻，脚步格外轻松，气定神闲。于是，一路走，一路看，看行人如织，车流如梭。耳际，市声喧嚣，一派繁闹景象。在熟悉的路段，会适时飘过来熟食店卤菜的酱香味、糕饼店蛋糕的甜腻味。一遭游走，便觉说不出的舒心和自在。

人人盼着好时光。只是，怎样的时光才算得上好时光？我觉得，了无牵挂，内心平和，以最自然的状态活在当下的时刻，皆是好时光。这样的好时光不是太少，其实很多，也颇易得。关键是，能不能在可以闲下来的时候，抓住它，享受它。

自然，人在忙碌时、算计时、猜忌时、仇怨时，是闲不下来的。即使是身子貌似闲了，表情也看似不露声色，但，心底的波澜一直在涌动，在激荡。心不闲，常常沉重着的时光便轻不了，静不下来，也慢不下来，人就无法体味近在咫尺的幸福。

一定会有很多可以不用考虑生存、思忖前途、关心业绩，预判人事走向的时候。这样的时候，往往你误以为是时间零敲碎打的边角料，其实是从生命宝盒散落的遗珠。

闲，是生命必要的调试，是不可或缺的过渡，也是身心保养的润滑剂。

好时光好在哪里？好在这段时光暗合心曲。

人、时、地、事，样样皆好，都是你想要的。独自静处且不论，若干人小聚，都是彼此能入眼的那一类。

时间呢，则是没有公务没有家事累身的闲暇，在相对清静的处所，干所谓消磨时光的俗事或者雅事。天时、地利、人和，再加上事美，得一两件易，同时拥有，则难。

最好的时光，就是享受最彻底的闲。这份闲，至清至简，也是人间的至乐！

闲散时光带给我们的满足和安适是实实在在的。既然权势、金钱、名声、学历这些东西都无法从根本上给予我们一段美好时光，甚至很多时候还会由此降解幸福的感受，有什么理由不珍惜自己闲下来的时候？

宁静淳朴地行走，
也是一种漂亮的活法

最好的活法，应当是像孩子一样真诚，像夕阳一样温暖，像天空一样宁静。

1

作家刘墉曾讲过这样一个故事：

他在美国丹维尔博物馆授课的时候，某日，一位老先生打量着他说："你看起来相当年轻，不过二十五岁吧！"

"不，我已经二十九岁，是快三十岁的人了。"刘墉回答。

"已经二十九岁……"老先生沉吟了一下说，"我才七十岁，比你还年轻呢！"

刘墉不解地问："为什么七十岁反而比二十九岁年轻呢？"

"你没听见我说的吗？我说'我才七十岁'"，老先生爽朗地笑着，"可是你却说'已经二十九岁'，虽然实际年龄我比你大得多，但在讲那句话的心情上，我却比你年轻啊！"

温暖的人，他的灵魂活在宁静淳朴的世界里，时光侵蚀不了它，命运打搅不到它。

2

真正的人生，是内心郁郁葱葱蓬勃灵动地对生活的热爱；真正的碧水，是内心坦坦荡荡从从容容的宁静祥和。那些出现在生活中的高低起伏、曲折坎坷，只是为了引领我们去看一处与众不同的风景。

什么是真正的强大？不是样貌，不是才华，而是在失落、悲伤、打击和孤独后能够迅速宁静下来的心，以及备受伤害后依旧留存的温暖。

真正需要强大的，从来都不是外壳，而是内心；真正让人钦佩的，不是呼风唤雨，威风八面，而是身心安顿，暖意融融。

染墨流年，岁月沉重；时光安然，人生静美。静，本义为松开争夺的手去看蓝天，后引申为踏实而安详。

世界从来宁静，浮躁的是人心。人浮躁在大千世界，花宁静：在大地怀抱。若不是欲火熊熊燃烧，人生亦如花般宁静而淡雅。

欲望、浮躁与安静南辕北辙。工作，没有最好，只有更好，欲望的鞭子将人抽成一只高速旋转的陀螺，怎么能体味出工作的乐趣！

一日三餐，吃着碗里的，望着盆里的，再美的佳肴，又怎能吃出滋味？人生苦短，到头来，欲望太多的人，得到的将不是梦寐以求的结果。

宁静，是滋养心灵的一方沃土，人生的起起落落因宁静而美好。

"床前明月光，疑是地上霜；举头望明月，低头思故乡"是宁静发酵后温馨的思念；"千山鸟飞绝，万径人踪灭。孤舟蓑笠翁，独钓寒江雪"是宁静跋涉后豁达的境界；"月上柳梢头，人约黄昏后"是宁静酿造的初恋的甜蜜；"细数落花因久坐，缓寻芳草得迟归"是宁静舒缓后的轻松淡定……

心静了，才能听见自己的内心。

也许，你正狂热追求的，并非你真正想要的，只是迁就了别人或者社会；也许，你正为之苦恼，肝肠寸断的，未必是你真正想爱或者该爱的，只是一时的不甘心。

坐下来，静赏花开，静观水流，心静了，自然就看清了。笑看花开，是一种宁静的喜悦；静赏花落，是一份随缘的自在。

回到过去，回到曾经，回到原点，回到最初的宁静。生活的烦恼终于落幕，周遭的嚷闹终于平息，爱情过后，彼此不再纠缠；失败之后，自此没有懊恼，生活也终于归于平淡。

这时候，你终于明白，你还是那个喜欢安静的孩子，你还是那个不愿意和别人争抢的孩子。你终于明白，你要的只是安宁。

如果世间真有这么一种状态：心灵十分充实和宁静，既不怀恋过去，也不奢望将来，放任光阴的流逝，而仅仅掌握现在，无匮乏之感，也无享受之感，不快乐，也不忧愁，既无所求，也无所惧，而只感受到自己的存在，处于这种状态的人就可以说自己得到了幸福。

宁静是一种奢侈品，只有心灵富有的人才能享受。宁静不是表面的安静，而是磨难馈赠给坚强之人的一种淡然和安详。

宁静的人如同一潭湖水，万象掠过而不为所动。因为她不争、不惧，不卑不亢，从容、超脱。肤浅的人得不到她，浮躁的人与她无缘，拜金的人买不动她。

宁静是一道伤痕，也是一种骄傲。

成 熟 ，
是 变 换 一 种 方 式 去 保 持 天 真

多心的人注定活得辛苦，就是因为太容易被别人的情绪所左右。
多心的人总是胡思乱想，结果是困在一团乱麻般的思绪中，让自己动弹不得。
有时候，与其多心，不如少根筋。

1

一次，余光中参加新加坡华人时评文艺大赛并获得优胜奖，应邀
去当地出席现场颁奖仪式活动。同时登台的 30 名获奖者中，除进入
花甲之年、满头苍苍白发的余光中外，均属于朝气蓬勃的黑发青年。
如此鲜明的对比之下，余光中自然显得不合群，给台下观众们一种英
雄垂暮之感。

当一位傲慢气盛的资深记者走上台，当众提问余光中此时是否觉
得内心很不是滋味时，不料余光中不仅没有尴尬神色，反而一脸风趣
地笑道："一个人年轻时得奖，应该和年长者一同得，这表示他已经
成名；而年长者得奖，则应该同年轻人一同得，这表示他尚未落伍而

且雄心仍在。"

有不老的心态，才有不老的诗人。

成熟的人既不应抗拒赞赏，也不把赞赏放在心上。遇到诋毁也可
以无动于衷，对各式评价一视同仁。如果厌倦就放弃，可以留恋，但
不应被它刺痛。

2

成熟就是你越来越能接受现实，而不是越来越现实。

如果你越来越冷漠，你以为你成长了，但其实没有。成长应该是
变温柔，对全世界都温柔。成熟，是对很多事物都能放下，都能慈
悲，愿以善眼望世界。

一个人的成熟与否，不是出口成章，说出许多深刻的道理，或者
是思想境界达到很高，而是待人接物让人舒适，并且不卑不亢；不是
你能用很多大道理去开导别人，而是你能说服自己去理解身边的人和
事。

一个人的成熟，并不表现在获得了多少成就上，而是面对那些厌
恶的人和事，不迎合也不抵触，只淡然一笑对之。

当内心可以容纳很多自己不喜欢的事物时，这就叫气场。

自己把自己说服了，当是理智的胜利；自己被自己感动了，应是心灵的升华；自己把自己征服了，才是人生的成熟。人生，宁可输事，不可输心。

舞台可以简陋但演出必须精彩；生活可以平凡但追求必须崇高。

把一切看淡了，心也就不累了。一时的失败，并不能代表一辈子的无能。失败并不可怕，可怕的是对自己失去信心。俗话说："有舍才有得"，简单的一句话， 却蕴含了人生的处世智慧与道理。

真正豁达的人，懂得超脱；而真情的人，会懂得奉献；幸福的人懂得放弃；而智慧的人，则懂得得与失。

一个人成熟最显著的标志，是对待得失的态度。人生在寻找的同时，总要付出一些代价。只有正确地认识得与失，才会在得到的时候，懂得必然的失落，在失落的时候，懂得如何找回自我。

很多时候，人们总是喜欢左顾右盼，花了很多时间，去了解别人，却忽视了自身的价值，忘记了了解自己才是最重要的。

有的人，用透支生命时光去换取财富，却忘了，财富买不回生命。

生活的累，一小半源于生存，一大半源于攀比。对生活的状况，及别人的行为要求越少，就越容易心情愉悦。

看得透的人，处处是生机；看不透的人，处处是困境。

事越烦越要耐烦，天底下没有不烦的人生。

当我们把鲜花送给别人时，首先闻到花香的是我们自己；当我们把泥土抛向别人时，首先弄脏的是我们自己的双手。

有勇气改变可以改变的，有度量接受不可以改变的，有智慧分辨二者的不同，才能适应周围环境，始终保持一颗快乐的心。

成熟不是看你的年龄有多大，而是看你的肩膀能挑起多重的责任。成熟的标志之一是懂调侃，不仅能调侃世界，也能调侃自己。

一个成熟的人，往往发觉可以责怪的人越来越少，人人都有他的难处。

世界上最美好的东西，
都是 **免费的**

有时候日子会很难挨的，
像头顶乌云行走，
无论奔跑、蹲下、闪躲，
都没有阳光。
但是人生需要自带希望，
坚定不移地认为一切都会好，
心灰了，
就什么都好不了了。
天上有光，
会照在你身上，
你心里有光，
就会照在路上。

世 界 上 最 美 好 的 东 西 ，
都 是 免 费 的

世界上最棒的事是，每天早上醒来又是崭新的一天，完全免费，永不断货。

1

一位探险家刚刚从海拔七千多米的险峰上回来，就被等待很久的孩子们围得严严实实。

有人问："山上到底有怎样奇妙的风景？"

探险家回答说："白茫茫的一片，没有植物，空气稀薄，险象环生。"

有人又问："那征服的乐趣，该是无与伦比的吧？"

探险家微笑着说："是的，孤独、恐惧、无能为力感也都是无与伦比的体验。"

有人接着问："那你这次探险，得到了什么领悟？"

探险家顿了顿，说："世界上最美好的东西，都是眼前的，并且是免费的。"

阳光，是免费的，时光，是不能倒退的；爱情，是免费的，婚姻，是不能凑合的；友情，是免费的，相遇，是很不容易的；梦想，是免费的，努力，一定需要的。

只是我们往往身在幸福之中，却不自知，却还要满世界去寻找幸福。

2

其实，在这个世界上，有很多珍贵的东西都是免费的，譬如阳光，空气，感情，信念，等等。

如果你用心生活，就会发现生活中的每一天都是美好的，不管晴天，雨天，阴天，雾天；不管春天，夏天，秋天，冬天……

不管儿时，少时，壮时，还是老了的那一天……

阳光是免费的。芸芸众生，有谁能够离开阳光活下去，然而从出生到回归尘土，可曾有谁为自己享受过的阳光支付过一分钱？

空气是免费的。一个人只要活着，就需要源源不断的空气。可从

古至今，又有谁为之埋单？无论是贩夫走卒还是明星政要，他们一样
自由地呼吸着充盈的天地间的空气。

亲情是免费的。每一个婴儿来到世上，都受到了父母无微不至的
呵护，那是一份深入血脉不求回报的爱。

可从没有哪一个父母对自己的孩子说："你给我钱，我才会疼
你。"父母的爱不因孩子的成年而贬值，更不因父母的衰老而削弱，
这份爱始终如一。

宽容是免费的。有时候，我们愿意原谅一个人，并不是我们真的
愿意原谅他，而是我们不愿意失去他。道歉并不总意味着你是错的，
它只是意味着你更珍惜你们之间的关系。

欣赏是免费的。欣赏爱，不是去寻找一个完美的人，而是学会用
完美的眼光，欣赏一个不完美的人。

友情是免费的。寂寞时那个默默陪伴你的那个人，摔倒时向你伸
出手臂的那个人，伤心时肩膀让你靠的那个人，可曾将他的付出折合
成现金，然后再向你要钱？

爱情是免费的。那份不由自主的仰慕，那份无法遏制的思念，那
份风雨同舟的深情，那份相濡以沫的挚爱，正是生命最深切的慰藉与

最坚实的依靠。而这一切都是免费的，是用金钱买不来的。

希望是免费的。还有信念，还有希望，还有意志，还有梦想……所有这一切，都是免费的，只要你想要，只要你能得到。

还有春风，还有细雨，还有皎洁的月光，还有灿烂的星辉，等等，世间多少滋润心灵的美好事物，这些都是免费的啊……

所以我们再不要对苍天唉声叹气了，苍天早已把最珍贵的一切，免费地馈赠给了每一个人。

至于世间的富贵与贫穷，这些都是靠世人自己后天辛勤打拼的，根本就不是苍天给予那些富人的恩赐，或给予穷人的惩罚，因此老天是最公正的，它给予每一个人的东西都是一样的。

凡世的喧嚣与得失都是过眼云烟，你的充实，你的快乐，你的健康，你的幸福才是最重要的。

不管对你爱的人还是爱你的人，你是幸福的，他们就是快乐的；不论是空气、阳光，还是花朵、新月，你懂得珍惜和欣赏，它们就是尊贵无比的。

心 有 多 清 净，
世 界 就 有 多 清 净

如果有来生，要做一棵树，站成永恒，没有悲欢的姿势。

一半在土里安详，一半在风里飞扬，一半洒落阴凉，一半沐浴阳光。

1

一天，一个年轻人在办公室加班，停车场的保安给他打电话，说车停的位置不对，他答应赶紧挪车。

保安又说，副驾驶的车窗没关，他赶紧谢谢提醒。

还没完，保安说年轻人的钱包忘在副驾驶座位上。

这时候，年轻人立马提高警惕："想诓我钱？他怎么知道我的电话？我又没在物业做过登记？"

年轻人下楼之后才知道，保安巡查时看到年轻人的钱包在副驾驶座位上，担心有人偷走，就帮他收好，然后通过钱包里的一张洗车卡查到年轻人的电话。

这个世界是干净还是脏，并不取决于眼睛，而是取决于想法，心有多净，世界就有多净。

2

这个世界是简单还是复杂，常常不取决于世界本身，而是取决于你和它相处的方法，你用复杂的办法对待它，它会呈现出无比的复杂；你用简单的办法和它相处，它就回馈出奇的简单。

生活越平淡，内心越绚烂。太过用力太过张扬的东西，一定是虚张声势的。而内心的安宁才是真正的安宁，它更干净、更纯粹，更接近那叫灵魂的地方。

真正的平静，不是避开车马喧嚣，而是在心中修篱种菊。尽管往事如流，每一天都涛声依旧，只要我们消除执念，便可寂静安然。

细数人生的过往，都是一部属于自己不朽的传奇。伸出双手，握一缕清风，融一抹优雅文字，把它们挽成生命的小花，别在发间，用流年的笔记下点滴的过往，记下铭心的春秋，把心刻在文字里来诠释人生……

云淡得悠闲，水淡育万物。世间之事，纷纷扰扰，对错得失，难求完美。若一心想要事事求顺意，反而深陷于计较的泥潭，不能自拔。

花开一季，人活一世，乐天随缘一些，就会轻松自在一些。处境好坏并不是苦乐的根源，想开了自然微笑，看透了肯定放下。

青春是一场盛世的繁华，愿不倾城，不倾国，只倾我所有。只为过简单安稳的生活，单纯而平凡。一支素笔，一杯花茶，一段时光，浅笑又安然。

清净的心里，都有一道美丽的风景。尽管世事繁杂，心依然，情怀依然；尽管颠沛流离，脚步依然，追求依然；尽管岁月沧桑，世界依然，生命依然。

当我们再回首时，沉淀的可能不只是记忆，那些如风的往事，那些如歌的岁月，都在冥冥的思索中飘然而去。

拥有的就该珍惜，毕竟，错过了的，是再也找不回的。

不再是懵懂的年纪，也不再是做梦的花季，如梭的岁月写下了流离的往昔。潺潺的生命之河，花开花谢的旅途，风风雨雨、点点滴滴，在心湖里开出了一片蒹葭、浮萍。

在生命中，总有些人，安然而来，静静守候，不离不弃；也有些人，浓烈如酒，疯狂似醉，却是醒来无处觅，来去都如风，梦过了无痕。

人生也像坐火车一样，过去的景色那样美，让你留恋不舍，可是你总是需要前进，你告诉自己，我以后一定还会再来看，可其实，往往你再也不会回去。退后的风景，邂逅的人，终究是渐行渐远。

没人知道，灾难会在哪个时刻降临，也没人能预料，末日会在哪刻突然出现。我们能够做的全部事情，就是珍惜身边所拥有的一切，未来也许会更好，也许没有。但家人、亲人、爱人却已是此刻的全部。

谁知道意外和明天，哪一个会先来临？所以不要总是用工作忙来疏离，不要总是用赚钱来推搪，拥抱今天吧，从现在开始！

人生天地之间，若白驹过隙，忽然而已。

我 原 想 收 获 一 缕 春 风，
你 却 给 了 我 整 个 春 天

让我怎样感谢你，当我走向你的时候，我原想收获一缕春风，你却给了我整个春天。朋友之乐，贵在那份踏实的信赖和不计成本的慷慨。

1

他说："我两年前就决定依照蚂蚁的方式生活了。不记得遇见过谁，不理解羞辱或尊严这类的事情。"

"那你怎么跟别人做朋友？"

他摇摇头。

"我没有在找朋友。我只是看看，能不能遇见另外一只蚂蚁。"

朋友能有两三个，就已经很好了，实在不必太多。朋友这种关系，最美在于锦上添花；最可贵在雪中送炭；朋友中的极品，便如好茶，淡而不涩，清香但不扑鼻，缓缓飘来，似水长流。

2

漫漫红尘，短暂人生，友情是一生中最宝贵的拥有，是生命长河里一首意境深远的小诗，是可以使人歌至忘情、泪至潇洒的心灵小曲。

拥有了友情，你就拥有了温馨和欢愉，你就远离了苦闷和孤独。

正因为成长的过程需要行走的快乐，所以，我们在路上；

正因为精神的画面需要不同的风景，所以，我们在路上；

正因为生命的历练需要云走涛涌，所以，我们在路上；

正因为人生的迁徙需要彼此同行，所以，我们在路上。

是的，说好的，我们一起走。

我们一起走，从此便不会陷入夜色中的孤苦，心与心的承诺，恒久为夜空中星与星的相守；

我们一起走，从此便不会受困于泥淖和荆棘，手与手的相牵，紧握成岩石中根与根的相连。

我们一起走，从此——共同的血热可以融化冰雪；

共同的力量可以踏平坎坷；共同的信念可以筑起诗意的家园；共同的爱可以让静好的岁月充满风和日丽。

是的，说好的，我们一起走。

一路上，我们相亲相爱，因为我们是亲人。我们有理由让我们的每一滴汗水都饱含着果实的芳香，都闪烁着亲人们的笑脸和幸福。

一路上，我们相持相扶，因为我们是朋友。我们要像南飞的雁群，不让一个人落单；在任何的困境中，我们毫不犹豫地亮出援助的手掌。

一路上，我们相惜相怜，因为我们是精神世界的爱人。物质世界的寒流无法将我们的心灵凛冽成冻土。只要心有灵犀，沿途就必是可意的景致。

人缘在很多时候，并不是一种资源，而是一种依靠，一种无形的力量。

朋友是你的后盾，在你困难的时候能给你最及时的帮助，因此在处理人际关系时，特别是朋友之间关系的时候，千万不能待人苛刻，更不能使小心眼，贪其中小便宜，睚眦必报之人最终会得到惩罚。

有人说，朋友分为三种：

一种像早餐，对方再好也只浅尝辄止，嘴上说重要，而大部分时间都可有可无。

一种像午餐，好不好不重要，重要的是需要，为了交情每天都得客客气气，深交不了也得罪不起。

一种像晚餐，你最累最脆弱的时候能陪着你，细嚼慢咽才能品出其中滋味。

很多时候，我们只会把朋友分为两种：需要的时候和不需要的时候。

其实，是我们走得太快，把生活安排得太满，以至于没有给朋友们留下听他们说话的时间。

其实在朋友们一次次向你倾诉的时候，你不知道他们对你寄予了多大的信任，他们多么希望从你这里得到一份安慰一份支持，他们多么想有个人愿意听听他们的心里话。

如果你在孤独的旅途中，忆起朋友所说的话，便不再沉湎于其中；

如果你在痛苦的日子里，能感觉到朋友的手就在你的身边，整个人顿觉浑身充满了力量；

如果你在苦闷的时候，拨通朋友的电话，听到那熟悉的声音，哪怕一字不讲，便感受到犹豫不再笼罩……

那么，这就是朋友的分量了。

遗 憾 和 后 悔 来 临 的 时 候，
多 数 是 来 不 及 的 时 候

当你无法确定自己现阶段要做什么的时候，
那就对父母孝顺，那是唯一无论何时何地都不会做错的一件事情。

1

她花了一周的晚上给他织好了这条围巾，从小娇生惯养，这是她的第一条围巾，她幻想着他惊喜的表情。

在他生日的那个晚上，她刚幸福地把围巾给他围上，他却厌倦地取了下来，"我不喜欢围巾"！

心，瞬间冰凉！

爸爸来了，以为是给自己的，自顾地围上，满脸都是幸福的笑容。

她转过身来，泪流满面……

别无视那个爱你、关心你、总想着你的人。因为有一天你可能从沉睡中醒来，发现自己在数星星时，竟然失去了月亮。

2

这个世界上，有一种情，与生俱来，血脉相连，不以贫富贵贱而改变，不以个人喜好厌恶而取舍，这就是亲情；

有一种爱，亘古绵长，无私无欲，不因季节变化而更替，不因名利浮沉而亲疏，这就是父母之爱。

相对于爱情和友情，亲情是唯一不能被我们选择的，也是唯一不能复制的。因为他们都是唯一的亲人，所以我们更要好好珍惜。

四季冷暖，有人叮咛你加衣；生活劳碌，有人嘱咐你休息，足矣。

精神有了寄托，委屈可以诉说；心灵有了归宿，人生不再漂泊，情感有了慰藉，生命不再寂寞；纵然只有简单的语言，却体贴暖心；纵然只有虚幻的存在，却感动无限。

亲情是六月里的一阵凉风，把舒适和清凉吹进你的心灵；亲情是严冬中的一件毛衣，把温暖和幸福送进你的美梦；亲情是风雨中安全的港湾，把快乐和安逸摇进你的爱心；亲情是黑暗中的一丝烛火，把光明和未来为你点亮!

父母对儿女来说,就像一座老房子,你住在里面,它为你遮风挡雨,给你温暖安全。

但是,老房子就是老房子,它不会与人说话、沟通、体贴。

父母啊,常常熟视无睹地住惯了这种老房子。

儿女们从小在父母身边长大,不时向往外面精彩的世界。

经常怨恨父母身边太狭窄、太陈旧,父母的唠叨难以忍受,早早想逃离父母的约束。

当你走出去,看到外面的世界繁花似锦、五彩缤纷,你自然陶醉于其中,哪里还想得起遥远的地方有颗时时牵挂的心。

只有当你遇到风雨、遇到严寒时,到处漂流的生活不好过,再好的房子也收容不了自己的伤痛。

这时,才会想起父母这个能挡风避雨又慈祥温暖的老房子。

当你在老房子里疗好了伤,心又早早地飞走了,来不及仔细端详这座老房子。

它老了,应该修修了。

儿女们一天天长大,父母也一天天衰老,他们已经扛不住风雨了。

你没听到一阵风雨袭来,老房子已经吱吱地呻吟了,声音很低、很压抑，怕你想飞的翅膀增加负重。

等你人到中年，到了喜欢回味过去的时候，别忘了回家，回到父母身边来，回到老房子里来。

那里有你童年的欢笑、歌唱、童趣，成长的一切，还有结婚照，孩子的第一张照片。

还有你上次寄来的营养品，虽然过期了，但依然摆在家里最显眼的地方。父母逢人便说，孩子买的，贵着呢！

我慢慢地、慢慢地了解到，所谓父女母子一场，只不过意味着，你和他的缘分就是今生今世不断地在目送他的背影渐行渐远。你站在小路的这一端，看着他逐渐消失在小路转弯的地方，而且，他用背影默默地告诉你，不用追。

每 个 圣 人 都 有 过 去，
每 个 罪 人 都 有 未 来

人生遇到的每个人，出场顺序真的很重要，
很多人如果换一个时间认识，就会有不同的结局。所以缘分让彼此相遇，就要珍惜。

1

一位禅师发现自己的茅屋里有小偷光顾，他知道小偷一定找不到值钱的东西，就对小偷说："你走老远的山路来探望我，总不能让你空手而回吧，夜凉了，你带着这件衣服走吧！"

说着，就把衣服披在小偷身上，小偷不知所措，低着头溜走了。

禅师不禁感叹道："但愿我能送一轮明月给你。"

第二天，禅师看到他披在小偷身上的外衣被整齐地叠放好，放在门口，他非常高兴，喃喃地说："我终于送了他一轮明月。"

宽容不仅是培养良知和美德的沃土，还是一把使人向善的金钥匙，能唤回迷失的良知，警醒沉睡的爱心。

2

宽容就像清凉的甘露，浇灌了干涸的心灵；宽容就像温暖的壁炉，温暖了冰冷麻木的心；宽容就像不熄的火把，点燃了冰山下将要熄灭的火种；宽容就像一支魔笛，把沉睡在黑暗中的人唤醒。

怀有一颗宽容的心，哪怕是坚硬的石头，都能为其所动，它体现的不仅仅是一种人品，更是一种睿智，一种坦荡，一种处世之道，是对生活所持的一种人生态度。

仁慈和宽容是黑暗夜里的一轮明月，不但可以照亮自己，也可以牵引别人。

人非圣贤，孰能无过，宽恕他人就是善待自己，为别人推开一扇窗户，自己也就看到了满园的春色。

人与人之间的关系其实是彼此宽容、相互原谅的过程。既原谅彼此的现在，也体谅彼此的过去。人生在世，谁能保证自己一辈子没有做过错事？谁能保证自己没有一时的无心之失？

所以即便是罪恶滔天的人，也有值得期待的未来；即便是生活中的智者，也有犯过错的过去。

原谅是一个很高贵的词，因为原谅别人需要有一颗善良悲悯的心，因为原谅别人需要智慧和宽容。

因为被原谅过，所以知道去原谅别人。因为原谅过别人，所以你也值得被原谅。

人的一生中会遇到不顺心的事，会碰到不顺眼的人。如果你不学会原谅，就会活得很痛苦，活得很累。

原谅是一种风度，是一种修养；原谅是一种溶剂，一种相互理解的润滑油。

原谅像一把伞，它会保护你，帮助你在雨中前行。

人和人的学识不同，见识不同，修养不同，对事物的看法自然就不一样，处理问题的方式、方法也就不一样，原谅他人等于把自己放在了一定的高度。

人与人之间有碰撞、有摩擦、有矛盾，是很正常的。对别人的误解，不妨试着置之一笑，给时间一个印证的机会。

原谅别人需要有自我牺牲的精神，要有一个宽阔的胸怀，吃亏并不代表软弱可欺！

原谅生活，因为它像天空一样，不会永远纯净透明，晴空万里时，它会让你欢笑。乌云密布时，它也会使你忧郁。它不会让你一直幸运幸福，它会让你尝遍酸甜苦辣咸。

假如你不能原谅，一定会痛苦不堪。后果是你会生活在"水深火热"之中，郁闷不乐。

当你原谅了一切之后，你会发现：你其实已经上升了一个高度。

如果我们为了这些琐碎小事整天耿耿于怀，为了这些蝇头小利斤斤计较，就会徒添痛苦，刺伤感情，陷入泥潭，让生活暗淡无光。

反之，如果我们懂得要宽容生活、宽容别人，那我们就能驱散心头的阴云，融化眉宇间的忧伤，生活更会是充满阳光，情趣盎然。

宠辱不惊，看庭前花开花落；去留无意，任天上云卷云舒。宽容是一朵鲜花，艳丽夺目，给生活带来温馨；宽容是一场春雨，温柔祥和，给生命带来激情。

让我们学会用一颗仁慈的心去宽容他人，与快乐相伴，与幸福同行。

宽容是人生最大的美德，就宛如你床前的那轮明月，在照亮自己的时候也让人间充满真情。

扶 了 我 一 把 的 人，
我 一 辈 子 都 不 会 忘

有的人对你好，因为你对他好；而有的人对你好，因为懂得你的好。

1

　　有两个人在沙漠中旅行，在旅途中，他们吵架了，一个还给了另一个一记耳光。被打的觉得受辱，一言不语，在沙子上写下："今天我的好朋友打了我一巴掌。"

　　后来，被打的那个人在途中遇险，被朋友救起后，他拿了一把小剑，在石头上刻下了："今天我的好朋友救了我一命。"

　　一旁好奇的朋友问道："为什么我打了你以后，你要写在沙子上，而现在要刻在石头上呢?"

　　他笑着回答说："当被伤害时，要写在易忘的地方，风会负责抹去它；相反的，如果得到帮助，我们要把它刻在心里的深处，那里任何风都不能抹灭它。"

2

朋友，能走过一年的不容易，能坚持两年的值得珍惜，能相守三年的堪称奇迹，能熬五年的才叫知己，十年依旧还在的，应该请进生命里。二十年依旧不离不弃的，就是你的后天亲人。

在这个善变的时代，多留意身边的朋友，多一些理解，少一点算计，学会感恩，别把对你好的人忘记。

不论是友情，还是爱情，一段感情能持续下去，最重要的或许不是爱，而是感恩。谢谢那个人在人群里发现你，视若珍宝相守到今；谢谢那个人把最珍贵的时光，与你分享。

你和那个人为对方做的一切，你们都看在眼里、记在心上。所以将来无论发生什么，可以吵架，可以生气，但绝不会离开。

欠人的，迟早要还，那就早还，没能力还，那就让感恩的心在路上；害人的，终究有报，此时未报，那就是报应之箭在途中。

生活中不要因为小的争执远离至亲好友，不要因为小的怨恨而忘记他人大恩。心知感恩，其实是庄严自己。

　　一生中你会遇到很多人，请仔细辨别，但每个人都值得感恩：恩人，给你帮助；敌人，帮你清醒；友人，与你携手；亲人，伴你左右；贵人，伴你添福；能人，治你毛病；小人，使你谨慎；爱人，给你力量；贤人，解你迷津；众人，助你成功。

　　生活中我们每个人，都或多或少得到过别人的帮助，经常发现这样一种现象：两人彼此关系一直很好，有时就为一件琐碎的小事，或者是一次没按自己的意愿办事就会结怨，从此两人见面就如同陌路。

　　也许我们每个人，都会犯同样的毛病，就是别人对我们有十次好，有一次不好，前面的十次好就被我们全部抹杀。

　　别人扶了你一把，也许你很快就忘记；别人踩了你一脚，也许你会永记心中。我们记住了别人的缺点和错误，记住了别人慢待我们的地方，于是，便耿耿于怀，越看这个人越满身缺点，越看这个人越不可理喻。而别人恰恰是一面镜子，我们对它凝眉瞪眼，镜子反射回来的也是瞪眼凝眉，于是，我们都互相看不顺眼了。

　　原本小的缺点在我们眼中无限放大了，我们看这个人简直是眼中钉，肉中刺，必先拔出而后快。

　　当别人对你不敬的时候，你总是记住别人的好处，哪怕别人点点滴滴对你的好处，你都默默记在心中。

慢慢地，你心中的怒气就烟消云散了，心胸也自然开阔了。量小失友，度大聚朋。

怎么来记住那个人呢？写在纸上吧，记忆泛白时，字字如今，散溢满屋；刻成木雕吧，光阴流逝时，刀刀向心，触碰浑身；编录成歌吧，岁月向晚时，句句如真，戏里戏外。

在现实生活中，但凡能记住别人"好"的人，都是拥有一定的处世之道和为人修养的人。

你能记住别人的好，也就意味着你是一个诚实守信的人，一个懂得感恩的人；能记住别人的好，就说明你的心灵深处不会有阴晦的死角，欣赏别人的目光同样会把自己映衬得晶莹透亮。

幸福的人总是能记住生命中出现的每一个人，正如幸福总是意犹未尽地光顾着他。

用一种"健康"的记忆方式记住别人吧！那时，你的生活定会充满灿烂的阳光，你的日子会永远有着收获的希望……

我 相 信 你 的 诺 言 是 真 心 的 ，
所 以 兑 不 兑 现 都 生 欢 喜

最好的诺言，是依约盛装莅临。而最迷人的诺言，是不管有没有结果，
却能让一个人一辈子满心欢喜地等在路上。

1

有一次，你和你爱的他约会，你在冰天雪地里等了好久，他出现
时，一边抱歉、一边承诺，"我以后一定会准时，甚至是提前到达"。
你提醒自己，"我要相信他"，然后消了怒火，然后开始享受甜蜜的
约会时光。

有一次，你熬夜帮助好友写了一篇挺难的文章，他在感激之余，
还信誓旦旦地承诺："我一定会请你吃一顿大餐。"然后你收拾起疲
惫不堪的心情，美美地补了一觉。

也许，你爱的他以后还是会可能迟到，也许那份大餐很久都没有
来到，但快乐的心情，却是可以自己选择的。

至于有些还没来得及实现的诺言，说的那个人可能都忘了吧，听者也假装忘了吧。

2

别在喜悦时许下承诺，别在忧伤时做出回答，别在愤怒时做出决定，三思而后行，是睿智的。

当你一直说自己非常忙碌，就永远不会得到空间；当你一直说自己没有时间，就永远不会得到时间；人生失意的时候容易失态，一失态就不知道自己的未来，于是消极和绝望就会趁隙而入。

恋爱时脱口而出的诺言，都是真心的，如同季节到时，树梢结成的果实那么真。

只是你也知道，果实从离树的那一瞬，就开始快速地迈向过期。若没能及时吃掉，再怎么香的果，都会变得腐坏难闻。

所以啊，恋爱中的诺言，到后来常令我们难受，并不是因为它们当初就虚假，它们很真，只是过期了。

古人重诺，所以绝不轻易许诺；

然而，现在的人总是轻易就许下诺言，过后自己都无法想起。它们就如夜莺鸣啼，带给听者感官上瞬间的愉悦，注定要随风飘散，杳无音信。

所以，有人说："诺言——从构词法上讲，是有口无心的两个字。"

因此，不要轻易许下承诺，许诺时请量力而行。要知道，空有诺言不如没有诺言，至少后者不至让人飘飞的希望没入泥沼。

不要苛求诺言都能兑现成真。你只需知道，对方说出口的那一刻，内心是真的就好。

相信诺言的好处是，你总是活在希望之中；相信诺言的坏处是，当该来的不能来，你比不信的人更绝望。

其实，信也好，不信也罢，你要的不是一个结果，而是一颗心。

我们都曾许下过诺言，也曾听过别人为自己许下的诺言。但，好多诺言，在时光的风中，淡了，散了，忘记了。到最后发现，其实，更多的诺言，不是用来兑现的，而是用来忘记的。

诺言和谎话的区别是，有些诺言，更像是光明正大的谎话。说谎话，还需要一些贼心和贼胆。诺言，只需有想法有勇气就够了。

在良心的方寸之地，谎话是昧着良心说话，诺言是摸着良心说话。但气势不一样，谎话说出来可能会心慌意乱，而诺言却可以说到气冲斗牛。

谎话说一遍就够了，诺言可以重复一千遍。

天涯海角，是诺言空间的尽头；海枯石烂，是诺言时间的尽头。所谓诺言，就是把话说到很远很远的地方。远到，去不了，回不来。这样做的意义是，人在现实中无法实现的辽阔，可以在诺言的辽远中抵达。

等将来有一天，我要每天陪你看星星；等将来有一天，我要给你买一套很大很大的房子。这两句诺言，都会激荡人心。看起来，第二种要比第一种要实惠一些，但第二种不如第一种给予人内心的感受更迷离一些。

实惠的诺言，也许会赢得当下；而迷离的诺言，更易赢得未来。

人生的肝肠寸断，源于世事的九曲回肠。你被诺言伤害过，从此，不再承诺，也不再相信承诺。但是，你不能因此去恨诺言。

应该在诺言梦幻的光里，回溯到那一刻人性和人心的挚诚。有些诺言，之所以不能信了，变了的，除了对方的心，或许，还有时光，以及你永远不能客观的眼光。

最好的诺言，是依约盛装莅临。而最迷人的诺言，是不管有没有结果，却能让一个人一辈子满心欢喜地等在路上。

很 多 路 人 ，
是 上 天 派 来 帮 助 我 们 成 长 的

人生中，我们总是在不断地告别，不断地说再见。

有些告别只是为了下一次更好的相见，可有些告别却成了永远的再也不见。

1

我们每个人都会遇到一些不同的际遇。

比如辛辛苦苦，努力工作，费了很大的劲才搞定的一个客户，不承想，半道上被另外一个同事"劫"去了，而上司却指责你，批评你。

比如多年的朋友，却因为一件小事产生了误会，朋友痛心疾首，讽刺你，挖苦你，甚至不理你。

比如你凭良心出发，做了一件好事，却被人误以为你沽名钓誉，另有企图。

比如同学聚会，当年不如你的同学当了"大官"，当年不如你的同学当了教授，当年不如你的同学发了大财，当年不如你的同学都比你有出息。

比如早晨开车出门，心情很好，却被另外一辆走反道的车亲密接触了……

但请你一定要相信，每一个出现在你生命中的人，都是"对的人"。他们的出现，无关对错，只是上天派来帮助我们成长。

2

人生的路很长，漫漫跋涉间，我们只影前行。

走自己的路，唱自己的歌，写下自己才看得懂的文字，品着的也只是一个人的寂寞。

当时间一次次地将我们吞噬在了那各个群体中，分分散散，聚聚合合，离别间，才发现原来我们一直都只是一个人，而那个永远都和自己站在一起的只是那个漆黑的影子。

在人生的旅途上，我们总是遇到那么一些人，如流星般从自己生活的中心穿过，很快地，便留下那一瞬间的美丽。即便这瞬间的美丽，也会随着时间的推移逐渐变淡，等到时间经过了足够的长，它就消失了。

这样的人，是我们生命中的路人。

人的一生中会遇到多少路人？ 谁又会是谁的谁？那曾经在口角处噙香的名字能够被呼唤多久？那曾经在眉梢间低回的心事能够被延续多久？那曾经温暖过漫漫长夜的人能够被依傍多久？

岁月带着我们渐行渐远，我们带着记忆渐行渐远。

在这世间，总有一些无法抵达的地方，无法靠近的人，无法完成的事，无法占有的感情。

生命中不断有人离开或进入。每一次的邂逅，不会全部都是细水长流的相伴，更多的是茶凉人散的分别。我们的心如小小的寂寞的城，且已紧掩，相互进入不了彼此的世界。陌生，熟悉，走进各自的生活；被动抑或主动，不留太多的痕迹。三分的麻木，七分的无助。再陌生，我们又逃了出来。

在这世间，每个人在每个阶段要做每个阶段的事。就算怀恋，也得离开。

于是，看见的，看不见了；记住的，遗忘了。于是，看不见的，看见了；遗忘的，记住了。于是，再想起你，你的名字，你的笑，你的一切，都只能加上一个词——"别人的"。于是，再想起我们在一起的事，也只能加上一个词——"曾经的"。

在这世间，最终，我们还是独自走自己的路。聚散离合，微笑着擦肩、相遇、相知、相守、离开、永别。走了又来，留了又去，不断遇见，不断失去，似天涯轮回，周而复始。

只是，有时候那份短暂相伴的感动还在，真实得让人觉得像是故事。

在人生旅途上偶然结识的路人，因为灵魂某处的相似，牵起了手，彼此微笑。但曾经的相聚都如不得不告别的风景一样，留在那儿，成为一次次回忆的主角，仅仅是一次回忆的主角而已。

在天涯轮回里，所谓的永恒不变，不过是时间和我们开的玩笑罢了。我们无法和所有遇见的路人完成我们地久天长的承诺。

如米兰·昆德拉说，当你还在我身边时，我就开始怀恋，因为我知道你即将离去。

如纪伯伦说，我们已经走得太远，以至于忘记了，为什么而出发。

昔年种柳，依依江南。今逢摇落，凄怆江潭。

树犹如此，人何以堪？

有道是："我不是归人，是个过客！"

　　爱一切的人吧，因为他们都是我们的恩人。即使他人伤害过你，也应怀着感恩之心。因为受到伤害的痛苦才使我们有机会获得觉悟，才使我们的慈悲心生起，从而对人类有着一种特殊的感情，也使我们成就自身的伟大。

　　所有人都是我们的恩人，不管他给你带来快乐或痛苦，都是上天安排开导我们觉悟的老师，只是教育的形式不同而已。

　　不要低估任何一个时刻，每一分、每一秒都有可能是人生的转折。就像某些人的出现，如果迟一步或是早一步，一切命运都将是另外的样子。

每 一 个 相 遇 的 人，
都 是 你 的 启 示

这个世界喧嚣拥挤，但寂寞却总类似，所以能拥抱的就要紧紧拥抱，
能守护的就别轻易错过。

1

有一农场主，为方便拴牛，在庄园榆树树干上箍了一个铁圈。随
着榆树的长大，铁圈慢慢地长进了树身里，榆树的表皮留下一道深深
的伤痕。

有一年，当地发生了一种奇怪的榆树病，方圆几十里的榆树全部
死亡，唯独那棵箍了铁圈、留下伤痕的榆树却存活下来。

植物学家对它产生了兴趣，研究发现，正是那个给它带来伤害的
铁圈救了它。它从锈蚀的铁圈里吸收了大量铁，所以才对真菌产生了
免疫力。

其实，每一个在你的生命里出现的人，都是有原因的。喜欢你的

人给了你温暖和勇气。你喜欢的人让你学会了爱和自持。你不喜欢的人教会你宽容与尊重。不喜欢你的人，让你自省与成长！

2

一辈子虽然漫长，但过去了也就是弹指一挥。你会不断地遇见一些人，也会不停地和一些人说再见，从陌生到熟悉，从熟悉再回陌生，从臭味相投到分道扬镳，从相见恨晚到不如不见……

不是每个人都会是你的伙伴，也不是每个朋友都能肝胆相见，无烦或恼。缘到，报之以大笑，缘散，报之以不厌。

如若遇见，彼此安好，便是晴天。因为懂得，温柔了一场相遇；明媚了陌上花开。

心若动，念已成行，遇见，让如诗如画的流年，有了隽永的味道，就像风会记得一朵花的香，雨会记得一片绿叶的清新。这世上，总有些东西，愈久沉香，永远不会老却。

回眸，浅浅一笑，是清欢，亦是美好。

每一个相遇的人都是你的启示。你给予他们，同时你也被给予——给他人或自己给予。

当一个人认为自己还有敌人，还有不能宽恕的人，当一个人心中还有仇恨，他便活在魔鬼的世界中。这样的人是可怜的。

敌人不过是自己内心的影子，是我们心魔的显现。所以，聪明的人会选择和解，而不是对立，因为这是在恢复自己的伤口。

如果你无法遇到感恩，你就必须无休止地去计算。你要计算你爱了多少，恨了多少；得了多少，少了多少……头脑必须时刻记录着，否则它就不得安宁。

烦恼不是人遇到的，恰是人创造的。

有些事，会让你用眼泪哭；有些事，会让你埋在心底里哭；有些事，会让你整个灵魂哭。

我们每一个人，都会遇见绝望和痛苦，所有人都会哭，而流泪往往不是最伤心的。你可能心丧若死，却面无表情，枯坐了几天，才突然哭出来，泪水流下时，你才是得救了。

眼泪是心里的毒，流出来就好了。所以那些看似不对的人，反倒是帮你清理了一次灵魂。

每个到你面前的人都是一面镜子，你在看到镜子的同时也必须看到镜中的你自己。常常是，当一面特别的镜子来到你的面前时，你只在看镜子，而不知在看镜子中的自己。

这正是你无法在与你相遇的每个人身上都到启示的原因。

一面真实的镜子放到你面前时，你会自然而然地用它来看自己的脸庞或发型，但为什么一个"人"———一面特殊的镜子放在你面前时，你却只是对镜子挑三拣四，却看不见自己的样子呢?

其实，所有与你相遇的人，都带着一笔可观的财富与你相遇。这财富不一定是物质，常常是看不见的。即便是一个乞丐，他在向你乞讨钱财的同时，其实也是在"施舍"你，施舍你一次帮助别人、升华自己的机会。

你不知道接下来还会遇见怎样的人，但可以肯定的是，无论对方是怎样的人，他同样也渴望着你优秀、从容、美好。所以你不需要把大把的时间拿来幻想未来应当如何，而应该把所有的等待都用来武装自己。

只是为了当有一天遇见他时，能够理直气壮地说，"我知道你很好，但是我也不差"。

真的不用遗憾和懊恼，没有在最青春美貌的时候遇见对的人、对的朋友，因为我们要的，终究不是一场足以天崩地裂的爱恋，或一段如烟花般稍逊即逝的友情，而是天长地久的温暖相伴。

第六辑

愿将来的你，
感谢现在的 自己

有时候，

我们会发现"虚惊一场"是多么美好的一个词语。

那是包括"失而复得"、"有惊无险"、"劫后余生"等所有值得庆幸的事情，

比起什么"兴高采烈"、"五彩缤纷"、"一帆风顺"都要美好百倍。

和 生 命 中 的 每 一 个 意 外 说 声 " 你 好 "

珍惜今天，珍惜现在，
谁知道明天和意外，哪一个先来。

1

公司准备派一个人出差，众人躲着不愿去，因为那个地方太艰苦，后来名额落在了他身上，只好勉强去。

谁知途中遇到一女子，两人滔滔不绝，等他们抵达目的地，俨然是多年神交的朋友。来来往往间，多了情感，他居然结束了单身生活，娶得如意美人，令单位众光棍艳羡不已。

谁不愿意获得这样的意外？可是，当时众人看到的是旅途艰难，生活不便，就是无法预料到有美人同路。

人生总是充满了许多意外，有些意外让我们惊慌失措，悲伤不已，有些意外则给我们带来惊喜。

有时候，不要拒绝看似无解的难题，事情往往曲径通幽，拂去层层迷雾，最后才可以窥见生命的真谛。所以，面对意外，我们首先要学会接受，然后对每一个意外说声你好。

2

人生是一连串的意外，意外是一辈子的人生。意外又不意外，不意外又意外，是人生的永恒主题。意外地，我们在世界上降生，根本无需我们的同意。意外地，我们在人世间相爱，根本无须我们的选择。意外地，我们在社会上成长，根本无须我们的设计。意外地，我们在瞬间失去，根本无须我们的批准。

生活中，有许许多多的意外，构成了这个世界的斑斓色彩，这是我们循规蹈矩无法看到的美妙。就像偶尔一次离开大道，来到小径上，会发现许多不曾见过的奇妙花儿、草儿，还有纷飞的蝴蝶与蜜蜂。想一想，这些意外是多么的奇妙！

人生不可能没有意外，只是意外的大小不同，多少而已。

有人嫌一大把硬币没处放，随手买彩票哪知中了大奖；有人穿马路，遇上打瞌睡的司机被撞成植物人；有人因他人明争暗斗，反而自己得了渔翁之利当上官,有人常夸自己一顿能吃八碗从来不吃药,突然查出得了绝症;有人不小心摔了个跟头,几十年的瞎子复明了,有人好好的一觉,醒来却半身不遂。

如果你留意一下,生活中这样的例子并不鲜见,这些家庭因此而改变原来的生活轨迹,有些人和原来的自己判若两人,天壤之别在一瞬间被意外改变。

人的一生就是用意外串起的项链,最终连成一个句号。

这样看来,意外确实是我们生活的一部分,既无法避免也就不必忌讳也不必哀叹,有些意外多少有点征兆,可惜没有引起我们必要的重视和警觉,再多后悔也没有用。既然来了就坦然面对,与其整天唉声叹气不如随遇而安。

意外带来的后果,不必因此而寻死觅活,日子总要过下去。生活是无法逆转的,有些还不能重来,有时吃一堑长一智,能避免下次重蹈覆辙,有时你长十智也没用,下一次碰到的又是新问题。

生活说简单很简单,有人嫌生活没浪花,时不时地惹是生非弄点花样出来。说复杂也复杂,有人一辈子在与生活作斗争,直至精疲力竭壮烈牺牲还是没弄出个所以然。

人们称前者为"不安分"的人,称后者为"想不通"的人,都不希望自己做这两类人，都想驾驭生活，做个生活的主人，活得潇洒些，可到最后还是伯仲难分。

其实过日子都差不多，有时你运气好些，有时你运气不那么好。意外不幸来临了，不要觉得自己倒霉，别人会怎么想，说不定比你倒霉的多得是；惊喜来临时也不要春风得意，觉得自己什么都顺，无非是你还没有碰到意外而已。

生活中什么样的事都有，什么可能都会发生。做人还是淡定一点好，过得好不趾高气扬，过得孬不怨天尤人，生活就是酸甜苦辣百味俱全。还是那句话：平平淡淡才是真。

对 将 来 的 不 安 说 句 "再 见"

一切都会变的，无论受多大创伤、心情多么沉重，一贫如洗也好，都要坚持住。

太阳落了还会升起，不幸的日子总会有尽头。

过去是这样，将来也是这样。

1

去旅行的时候，有些人的行李总是多得惊人。

为雨天准备了折伞，还带了适合徒步的鞋子和去饭店时要穿的皮鞋，但倘若碰到倾盆大雨的日子，恐怕还需要一双长靴吧?

随着想象无穷无尽地扩散，行李也越带越多。他们大都是在想象自己并不乐于见到的未来。

如果只是去旅行，顶多就是在旅行期间提着沉重的行李；但如果走的是人生的旅程，那问题可就严重了。

心灵的行李没有形体，包包并不会因此变重。但相反的，心灵的行李会逐日增重，渐渐重压在自己身上。

人生的旅途无法打包周全，不能保证"准确、安全、万事俱备"，因此有些时候，我们甚至可能会想放弃旅行。

换句话说，如果你一味想着"如果遇到这种情况，该如何是好"，任由不安继续膨胀下去，你很可能会落得一个人枯坐原地的下场。

2

你害怕未来，承认吧！你一直都是。

初中时，你害怕你的朋友们全部去了不同的高中，从此不再有机会见面了。你是对的，住在不同的学区这件事宣告了很多青少年友谊的结束，但是你熬过了这些，不是吗？

在高中，你害怕大学生活，害怕离开家去适应所谓的"成人世界"。但是那时候，你能相信吗，你其实可以征服这一切。你坚持下来，你没有退学，你从没被压力打倒。你那时的未来迅速地成为你的现在，但你并没有尖叫着逃开。

现在你到底在害怕什么？是你的朋友们结婚了，剩下了你？是每月跟你曾经最好的朋友的例行午餐，或是迟迟没找到一个爱你的人，所以只能独自面对那些所谓的重大人生转折？

是成为房间里唯一一个想喝不同饮料的人？是被解雇然后重新回

到刚毕业时、那种找不到工作的恐惧状态中？

是你的手臂不够有力量？是可怕的焦虑？还是在聚会上被问起"你做什么工作？"时无法给出让你感到骄傲的答案？

这些确实令人害怕。它们也许会让你在晚上难以入睡。但是下次你的恐惧再导致你失眠或者让你的脑子备受折磨时，你可以想想这些：所有你过去曾有过的恐惧，那些在过去曾让你无法入眠的已经"过时的"焦虑，现在它们在哪里？

对，它们消失了。你消灭掉了它们，你战胜了它们。

你生存下来了！

如果你不能享受当下的美好，永远都处于不满意的状态当中，这将是一种相当可怕的生活方式。

"你想要去哪里。"想想这句话的含义。它表明你对当下生活并不完全满意，还期待着一些其他的东西。

但是，老实说，那些总是把"你想要去哪里"挂在嘴边的人，在他们的生活中永远得不到快乐。前方永远都有新的高峰等待我们攀登，新的目的地等待我们抵达。

如果你不能从你生活里发生的事情当中寻找乐趣，那它们存在的意义是什么？

你永远都不可能在某一天坐下来说："对，这就是我想要去的地方。我可以停止往前走了。"生活总是需要你不断去追求一些你还没有得到的东西。这句话是一种慰藉，是一个你允许自己不开心，允许自己不去追求想要的东西的借口。

你告诉自己，"等时机到来的时候，我一定会有时间去约会的，等我搬出这套房子，我就会开心很多的"，等等。

停止这些自我欺骗吧。你的悲剧不是环境带来的，它是你一直以来的生活状态。

你可以给自己的最好的礼物是对未来的展望，是停止为明天忧虑而享受今天的能力。一点点释放你的焦虑，让一切更可控，记住你的未来并不会伤害你，它并不是一个挥舞着锯链的魔鬼。

唯一能确保你有一个光明未来的方法，是拥有美好的现在。

就是这样，这就是你过上理想生活的秘诀。

所以，开始注意你的身边正在发生什么吧。否则，你就会错过一切，这才是你应该不开心的理由。

回 首 往 事 ，
不 过 是 虚 惊 一 场

哪有什么念念不忘，或者不可原谅，时间一长，什么都好商量。

1

你肯定经历过这样的情景：

一位和你不太熟的朋友侃侃而谈，说道："想当年，我是多么多么的威风、潇洒。"

或者你为了表明自己的非凡经历，对别人吹嘘道："想当年，我是何等的鹤立鸡群。"

然而，当年的一切早已逝去，威风也好，潇洒也好，已经成为历史的沉淀，沉积在历史的长河。

当辉煌随时间烟消云散之时，我们仍不能淡然它的光彩、漠视它的存在。

历史总归是历史，倘若沉迷其中，到头来必将于事无补。我们陶醉于此，便无暇应对眼前的风风雨雨。

时间并不会真的帮我们解决什么问题，它只是把原来怎么也想不通的问题，变得不再重要了。

2

容易幸福的人都有点健忘。遗忘已经过去的坎坷和委屈，把更多的精力用来记取眼前的快乐和未来也许会出现的曙光。这不但是感恩生活，更是让自己过得好一点的方式。

有喜有悲才是人生，有苦有甜才是生活。无论是繁华还是苍凉，看过的风景就不要太留恋，毕竟你不前行生活还要前行。再大的伤痛，睡一觉就把它忘了。背着昨天追赶明天，会累坏了每一个当下。

学会放下，是一种生活的智慧；放下，是一门心灵的学问。人生在世，有些事情是不必在乎的，有些东西是必须清空的。该放下时就放下，你才能够腾出手来，抓住真正属于你的快乐和幸福。

任何选择都有缺陷，没有什么决定是两全齐美的。如果你总是希望样样占全，那么你永远也做不出什么决定。当你最终按照自己的心意，而不是遵循原有的生活习惯，自己选择了方向与路途时，就不要抱怨，更不要后悔。

一个人只有能够勇敢地承担起自己的责任，才能在人生道路上留下无悔的足迹。

已经拥有的不要忘记；已经得到的更加珍惜；属于自己的不要放弃；已经失去的留作回忆；想要得到的一定要努力。累了把心靠岸，选择了就不要后悔，苦了才懂得满足，痛了才享受生活，伤了才明白坚强。

有些事情，只有经历了，才有穿透心扉的体验；曾经的人，只有从心底放下了，心灵才会真正地解脱。没有哪件事，能够一直捆住你的手脚；没有哪个人，能够成为你的永远。

所以，想做的事，只要有能力做，那就不要等，不要害怕失败；想付出的爱，只要觉得可以，那就大胆些，不要留下遗憾。

当初有些事，让我们刻骨铭心；曾经有些人，令我们难以释怀。

我们一路走来，告别一段往事，走入下一段风景。路在延伸，风景在变幻，人生没有不变的永恒。

走远了再回头看，很多事已经模糊，很多人已经淡忘，只有很少的人与事与我们有关，牵连着我们的幸福与快乐，这才是我们真正要珍惜的地方。

有些事情，明明过去了，却仍然去固执地回忆，固执地想念；有些过客，明明走远了，却依旧会固执地去爱，固执地去恨；有些时候，明明感觉很累了，却还是要固执地支撑，固执地顽抗。

那些没有意义的人与事，就统统放下吧！还能固执给谁看呢？一个人的固执，看似是牢固的盾甲，其实伤的是自己的心。

刻意去找的东西，往往是找不到的，天下万物的来和去都有它的时间和地点。是你的，就是你的，不是你的，就不是你的。

人有权力去追求幸福，一个肯于认清这个事实的人，是智慧的。

我们不能改变过去，也不能预测未来，唯一能做的，只有把握现在。人生的幸运或不幸，都是在我们现在的每一个行动中形成的。

应付未来的唯一方法，就是把今天的事做得尽善尽美；应对过去的明智之举，是踏着往事上路。

愿 将 来 的 你 ，
感 谢 现 在 的 自 己

人总是健忘的，所以在行走一段人生旅途后，总要不自觉地停下来，
整理一下前段时间的得与失，得大于失证明这段时间没有浪费，
你可以欣喜若狂地准备下一段旅途。

1

年轻人问老师父："师父，人生苦短，对吗?"

师父回答说："苦，也就是短。"

"怎么讲?"

"沉溺于'苦'的人，生活自然漫长无比，临死前才发现时光虚
度，短暂无比。"

"反之呢?"

"反之，无憎恨之心，无愤懑之心，无嫉妒之心，安心做好每件
事情，不后悔，不虚度，人生就既不苦，也不短了。"

2

人之所以爱旅行，不是为了抵达目的地，而是为了享受旅途中的种种乐趣，简单美好的东西往往稍纵即逝。唯有好心情最为可靠和难得，拥有好心情的时光，便是你人生中最美好的时光。

人生的得与失，成与败，繁华与落寞不过是过眼烟云。而陪伴我们一生，如影随形、不离不弃的只有心情；如同呼吸，伴你一生的心情是你唯一不能被剥夺的财富。

人生如梦，生命再长，也不过百年，为什么要让自己幽怨、颓废、痛苦一生，而辜负这大好年华呢？

父母给予我们生命和爱，可他们迟早会衰老；孩子给我们满足和喜悦，可他们终究会长大；爱情给我们幸福和甜蜜，可我们必须付出一生的代价去呵护。

金钱是水中的浮萍，时聚时散；美丽的容貌是绿树上芬芳的花朵，适时绽放、无奈凋谢；健康是魔术大师，能变晴也能变阴。繁华更像是梦一场，曲终人散，觥筹交错的热闹犹如水中月镜中花，没等看清楚就醒了。

这些乐事都与心情密不可分，当你拥有一份好心情时，看天是蓝的，云是白的，山是青的，人是善良的，世界是绚丽多彩的。

　　拥有一份好心情，看什么书都好看；拥有一份好心情，能化干戈为玉帛，相逢一笑泯恩仇；拥有一份好心情，能化疾病为健康，感觉全身有用不完的力量……

　　千万别小看心情，它能让天地为之动容，自然为之变色。同样走进大观园，刘姥姥开心，林妹妹伤心。同样的江水，李后主低吟：问君能有几多愁，恰似一江春水向东流。苏东坡豪唱：大江东去，浪淘尽、千古风流人物。

　　湛蓝夜空，一轮明月，有人举杯邀约，对影浅酌；有人黯然泪下，思乡情浓，总是故乡月最明，景无异，异的是心情。

　　毕淑敏曾说过："人可能没有爱情，可能没有自由，没有健康，没有金钱，但我们必须有心情。"

　　如果你渴望拥有健康和美丽，如果你想珍惜生命中每一寸光阴，如果你愿意为这个世界增添欢乐与晴朗，如果你即使跌倒也想要面向太阳，就请锻造心情，让我们沉稳宁静广博透明的心，覆盖生命的每一个黎明和黄昏。

　　上苍给予我们一样的生命，我们却选择了不尽一样的生活方式。我们可能活得不高贵，但我们完全可以活得高尚；我们可能无法逃避人生的意外或灾难，但我们可以从容豁达。

　　心情的历练，是一种自我的超越；心情的锻造，是一种完美的追求。但好的心情不是与生俱来，不会从天而降，更不会一蹴而就。

　　好心情是一个人的人格、品质、才能、意志和道德修养等综合素质的酿造；好心情，还源于一个人能否守住一颗沉稳宁静广博透明的心。世间百态，物欲横流，能不为诱惑所动，不为攀比所烦，心情自然就会好。让好心情相伴一生，这才是人生最大的财富。

　　拥有了好心情，也就拥有了自信；拥有了年轻和健康，就会对未来充满向往，充满期待。

　　愿你终有一天，所有压抑的烦恼、说不出口的苦楚、难以表达的感情，都能毫不掩饰地丢弃。你会发现，就连那些不堪的所有，都变得越发璀璨起来。

你 的 价 值，
不 必 拿 抱 怨 来 证 明

偶尔抱怨一次人生可能是某种情感的宣泄，也无不可。
但习惯性的抱怨而不谋求改变，便是不聪明的人了。

1

一家精神病院因运送病人的司机玩忽职守，而误收了 3 名正常人。

其中两个人用尽了各种方法来向医护人员证明自己不是疯子。但是，他们说得越多，医护人员越发坚定地认为他们就是疯子。

第三个人却不同，他没做什么无谓的尝试，只是像平常生活一样，该吃饭时就吃饭，该睡觉时就睡觉，该看书读报时就看书读报，而且当医护人员为他刮脸时，他还向他们致以谢意。于是在第 28 天时，他出院了。然后他报了警，将另外两个同伴解救了出来。原来这么简单，最好的方法竟是不去证明它。

那些用各种方式证明自己真理在握的人，那些用各种途径证明自己才华横溢的人，还有那些用各种手段证明自己富有、非凡的人，都极有可能被世人认为是不折不扣的疯子———只是他们自己还蒙在鼓里罢了。

2

如果你不给自己烦恼，别人也永远不可能给你烦恼。只是因为你自己的内心，放不下而已。

很多人都在抱怨：对环境的不满，对现实的不公，对自己的不如意……

可是生活不是用来抱怨的。你越抱怨，却发现处境只会越来越差。

人的一生当中，迷茫是不可避免的，但却是短暂的。可是自己要是人为地去放大这些迷茫，那么抱怨就会疯长……

没有人是没有抱怨过的，出于各种各样的原因，或多或少地都会有些抱怨情绪。可是这种情绪，显然是不受欢迎的。

现实有时候可能是血淋淋的，很残酷，也很残忍；它就像一个庞然大物，立在你面前，你想越过它。是想像愚公移山那样，逆天而行，横冲直撞地去征服它；还是会去想一些更快速，更便捷的办法去达到自己的最终目的呢？

当然你想要的结果，其实都是一样的。

不同的只是，为了得到这个结果，你付出的是什么？

聪明的人选择去适应这个环境，并借助它让自己更好地成长。当然这并不是表示"我认输，我屈服了"。愚笨的人则自顾自地怨天尤人，日子也过得风声鹤唳。

一个人的价值从来不需要用抱怨或牢骚来证明，一个人唯有先征服自己，才有能力征服他人，让别人信任自己。

自己把自己说服了，是一种理智胜利；自己被自己感动了，是一种心灵的升华；自己把自己征服了，是一种人生的成熟。大凡说服了、感动了、征服了自己的人，就有力量征服一切挫折、痛苦和不幸。

所以，当你想要向世界证明自己的能力时，请先让自己相信，你是一个真正有实力的人，而不是一个"抱怨鬼"。

一旦你发现并肯定了自己的价值，就请冷静、坚定、自信地守护你的理想，只有你相信它，它才可能实现。不要忘记时刻给自己呐喊加油，很快你就会发现，原本可望而不可即的东西已经触手可得。

在这个世界，是不存在十全十美的事情的。

要想拿高薪，就得承担超负荷的劳动量；要想出人头地，就得迎接周围挑剔的目光；就算你安分守己不惹是非，那也得接受一些莫名其妙的指责……

面对人生的不如意，一个人所要做的，就是尽量改变自己能够改变的部分；至于个人无能为力的部分，那就坦然接受吧。

如果说一个人抱怨之后，他的不满与郁闷能够随风而去，心境能够变得开朗明亮起来，那他的抱怨还算是有价值的。

可问题在于，抱怨恰如一股阴冷潮湿的黑雾，足以遮蔽他的眼光，迷惑他的眼光，迷惑他的心智，障碍他的成长，最终让他在自怨自艾的泥潭里越陷越深。

人生就是一段旅程，是一段从青涩走向成熟的旅程。而你要相信，真正的成熟，是从不抱怨开始的。

当 缘 分 来 临 时 ,
一 切 的 安 排 都 是 多 余 的

失去了缘分的人，即使在同一个城市里也不太容易碰到，一次转身就意味着一辈子。
这个喧闹的城市里，谁又在思念着谁。

1

李敖在年轻时在一家古玩店里看到了一幅字画，喜欢得不得了。
每天经过都会进去仔细欣赏。店家问他："你那么喜欢，为什么不买
回家去呢?"

李敖羞涩地离开了，因为他那时是没钱买这样的作品的。

后来，李敖忙于工作，就很少去那家古玩店了。等到李敖有了经
济条件，再去寻找那副字画时，古玩店已经消失了。

时光荏苒，50年后，李敖早已功成名就。一天，一位古董商找
到了李敖，说是有幅字画想卖给李敖。

当李敖看到那副字画时，顿时愣住了，正是那幅他朝思暮想的字

画。后来，他花了 50 万元新台币将其买下。

说起这件事，用李敖自己的话讲："50 年后，这幅字再出现在我的眼前，我跟它不是讲迷信的，它是一种因缘。"

世间事，很多时候都要讲个缘分。缘分未到，再怎么努力也是多余的；缘分来了，再怎么抗拒也是徒劳。

2

缘分不是走在街上非要撞见，缘分就是睡前醒后彼此想念。那些因为缘分而来的东西，终有因为缘尽而灭的时候。

幸福是自己的，永远不要拿别人来做参照。你没时间去讨厌那些讨厌你的人，因为你在忙着爱那些爱着你的人。

年轻时候，如果爱，别说永远，说珍惜。不能强迫别人来爱自己，只能努力让自己成为值得爱的人，其余的事情则靠缘分。

相信自己有福气，但不要刻意拥有；相信自己很坚强，但不要拒绝眼泪；相信世上有好人，但一定要防范坏人；相信金钱能带来幸福，但不要倾其一生。

相信真诚，但不要指责所有虚伪；相信成功，但不要逃避失败；相信缘分，但不要盲目等待；相信爱情，但不要盲目迷信。

　　缘分说的是不管那个人、那个物在哪里，到了时间，就一定会和你相遇，不迟不早。

　　缘分是冥冥之中的安排，不可预知，也不可刻意追求。

　　也许，有的遇见就是这样，是时机不对，也是缘分不够。

　　就像李敖与这幅字，年轻时恋它，明明在眼前却很遥远；后来割舍不下去寻它，它却踪影不见痕迹全无；岁月将它渐渐淡出心头，它却又突然来到你的眼前。

　　物尚如此，人何以堪！

　　人世间的悲喜剧，不都是像这样随缘上演的吗？

　　因为有许多事不完美，所以我们才追求完美；因为有许多时候不快乐，所以我们才渴望快乐。

　　生活，原本就是完美与缺憾的交响；人生，原本就是痛苦和快乐的和声，输掉什么，不可以输掉微笑；舍弃什么，不可以舍弃快乐。

　　你不知道遇见他是对是错，但你知道，遇见他，你开心过。

　　你们在路上相逢，又在路上错过。你错过了他的山盟海誓，他错过了你的花开正好。然后你们才明白，很多东西，可遇而不可求；很多东西，一生只能拥有一次。

爱过了，才会尝到快乐和伤心的滋味；恨过了，才会知道珍惜和宽容。与其让自己变得颓废，不如让自己活得更精彩。

生命于我们，只是沧海一粟，然而，却承载了太多的情非得已。聚散离合，痛苦欢笑，呐喊寻觅……因为没有人知道那个最终的谜底，所以，我们唯一的选择，必须是：向前，笑看风，笑对雨……

有些人魂牵梦萦，却只适合放在心底；有些人波澜不惊，却适合相伴一生。

爱情，是一次命中注定的相逢，或驻足，拥抱；或擦肩，回眸，有些走过，很淡，很轻却很疼……

单纯喜欢你的人，他看到的是你的现在；真正爱你的人，要和你走的是未来；真正的爱情，不是某一个时刻的承诺和表白，而是之后一起走过的岁月……

真正的缘分，既是冥冥中注定的安排，也是两个人彼此认定的决心；真实的爱，不是每天夸赞你的那个人，而是看你的眼神里，那份浓得化不开的深情。

很 开 心 你 能 来，
不 遗 憾 你 离 开

命运旅途中，每个人演出的时间是规定的，冥冥中注定，该离场的时候，
多不舍得，也得离开。

1

一位老者在谈起自己的一生时，感慨地说人生有三苦：

一苦是，你得不到，所以你痛苦；二苦是，得到了，却不过如
此，所以你觉得痛苦；三苦是，你轻易地放弃了，后来却发现，原来
它在你生命中是那么重要，所以你觉得痛苦。

老者的感叹，确实道出了一些人痛苦的根源。既然得不到时痛
苦，得到了也痛苦，放弃了还是痛苦，我们何不把人生的得失看轻一
些，保持一种平常的心态，痛苦不就会随之而减轻吗？

不论是感情，还是名利，我们都要以一种平常的心态看待得失，
那么你的人生就完全可以不苦。

2

有没有一个人，教会你怎么去爱了，但是，他却不爱你了；有没有一个人，你总说要放下他，却总是忍不住又拿起来回味。

有没有一个人，你真的好想让他快乐，所以你宁愿自己不快乐；有没有一个人，离开他的时候你笑了，但是一转身，早已泪流满面。

爱过我们的人，都已离开。有的无能为力再来爱我们，有些则为了未来或者其他比我们更重要的东西而离开。

我们呢？是幸福的吧，毕竟那段青春张扬的岁月里，曾被人爱着、宠过。

爱着，我们不知道这世界还有离别，那些年从不曾珍惜的每一天，时过境迁以后，都是让人万劫不复的回忆。

有人爱你，出于天性，出于本能。

曾听说过许多这样的亲情故事，有些欢喜的结局，也有些让人惋惜的结局。

我们慢慢长大，离开了爱我们的他们，等到他们无法再爱我们，才知道并不是长大就不再需要他们继续爱我们，我们不需要的，只是那些他们习惯了的对我们的照顾而已。

有人爱你，因为你对他好，或许哪天你离开了，他就忘了。

也曾遇到过这样的人，好好的两个人，突然分开，平静得不能再平静。只是，有一个平静地掩饰自己的难过，或许还有失望；另一个平静得理所当然，毕竟，要离开的不是自己。

很多年后或许会后悔，以为不会爱的那个人，那些年早已刻入心底而不自知。他选择不再爱了，他选择过自己的生活。谁对谁错呢？

这样一段青春，注定了有多少美好，就有多少破碎。

但也有人爱你，无因无果，却倾注一切。

你无心严厉，却倾注了别人的世界，无意的微笑，善意的帮助，即使是举手之劳，都让一个人不经意间记住你，寻找你，追逐那即使是不可能追上的脚步。

也曾遇到过这样的人，这样的事，不顾一切地追逐，甚至失去生命都不曾得到一眼的关注，终究是一个陌生人，终究是一个暗恋的半公开的秘密。

作为被追逐的那个人，他已习惯站在云端，习惯人们的仰视，习惯无论哪里都有众多眼睛追逐。或许他知道了，会小小惋惜一下吧，可是，有什么用呢？

还不如，就这样离去，在他不知道的情况下爱他，又离开他。

或许这些故事里的主人公，你也曾遇到过。或许是朋友，或许是路人。只是每一个人都有故事，别人走不进来自己走不出去的故事。

只需很多年后，我们都忘了。

不管正经历着怎样的挣扎与挑战，或许我们都只有一个选择：虽然痛苦，却依然要快乐，并相信未来。

匆忙的岁月经得起多少等待？很多人还没来得及说再见就离开了，很多事还没来得及做就已经成为过往了。

生命中，谁不曾伤过，痛过，失落过，遗憾过。不是所有的擦肩而过都会相识，不是所有的人来人往间都会刻骨。

每个人都在赶路，有自己的目标和自己的生活。有人和你的目标一致，有人愿意停下脚步，有人愿意在有限的时间里陪你认真走，最终大多数人或许会分开。

但我经历过，我知道他们很重要，即使有一天，不可避免地散了，也不强求他们的陪伴。很开心你能来，不遗憾你走开，心存感激。

不 偏 爱 ， 懂 节 制 ，
方 得 长 久

无论今天发生多么糟糕的事，都不应该感到悲伤，
因为今天是你往后日子里最年轻的一天了。

1

"走近你，就会走近痛苦；离开你，就会离开幸福。"这是某首
歌曲中的一句词，本意是反映某些人的婚姻状态，很有哲理，令人
回味。

一位作家看到了，就把句子中的"你"改成"钱"和"权"，于
是就变成了：

"走近钱，就会走近痛苦；离开钱，就会离开幸福。走近权，就
会走近痛苦；离开权，就会离开幸福。"

话的本意变了，但其中的哲理更令人警醒：凡物取之有道，弃之
有度，过犹不及，不及犹过，中庸之道，有多少人能够做到呢？

2

幸福的天堂常常是朦胧的，很有节制地向我们喷洒甘霖。

你不要总希冀轰轰烈烈的幸福，它多半只是悄悄地扑面而来。你也不要企图把水龙头拧得更大，使幸福很快地流失。而需静静地以平和之心，体验幸福的真谛。

生活中，我们常常打败别人，却很难战胜自己。最常见的原因，就是我们缺乏节制。

在我们年轻精力旺盛的时候，不会立即显出它的影响。但是它逐渐消耗这种精力，到衰老时，我们不得不结算账目，并且偿还导致我们破产的债务。

没有节制，心往往盛了不该盛的东西，比如忌妒、贪婪、仇恨等，而这些正是噩运的种子。

自己的那颗心像一匹脱缰的野马，去了不该去、不能去的草原。心丢了，"我"也就不复存在了，成了形同虚设的行尸走肉。

那么，该怎样让自己拥有一颗积极、进取、乐观的心呢？

最明智的做法就是为心灵设置一个节制的闸。有了它，欲望和非分之想的洪水就能够被挡在心门之外，人才会变得宁静。

只有心静了，我们才能有正确的想法和愿望，才知道该做什么，不该做什么。

　　饥饿使人难受，过饱，也使人难受。

　　饥饿是一种消化的过程，是一种"付出"；吃饱是一种填充的过程，是一种"索取"。

　　无论是"付出"，还是"索取"，都要讲究一种平衡；否则，过犹不及，只能给自己增添痛苦。

　　财富和情感，也是如此。

　　盐、味精、酱油，都是饮食中的调味品，如果多放、多吃，我们尝到的，不仅不是美味，反而是一种苦涩了。

　　歌舞、美食，是我们生活中的"调味品"，但如果沉迷于歌舞，沉迷于灯红酒绿，我们尝到的，也不再是生活的甜美，而是其苦涩了。

　　调味的东西不可多吃，多吃了，不仅会坏了我们的胃口，而且会坏了我们的心境和灵魂。

　　见一幅名贵的画，有人想到的是偷盗；见一片参天的林，有人想到的是砍伐；见一池美丽的湖，有人想到的是在四周大兴土木。偷盗、砍伐、破坏性的大兴土木，都是为着一个"利"字，捞取钱财。

　　有句话，山坡上开满了鲜花，而在牛羊眼里，全是饲料。

　　人不是牛羊，是有着知性和理性的，有着对美的渴望和追求，但如果控制不了内心的贪欲，把一切都物质化、利益化、钱财化，我们就会成为满眼都是"饲料"的牛羊。

过了，就是错了，这就是过错。这是至今我看到的关于"过错"最精辟的注解。

凡事都有个度，过了这个度，哪怕是再美好、再正确的东西，也会走向它的反面。真理过了，就成了谬误；真诚过了，就成了虚伪；聪明过了，就成了狡猾；认真过了，就成了刻板。

世上一些过错的产生，往往是因为过于追求它的圆满。过了，就是错了，适可而止，适度而为，才是避免过错最有效的方法。

附录：
和这个世界握手言和，你需要去做的 30 件事

1. 与对的人分享你的时间

这些"对的人"就是爱你、欣赏你、鼓励你的人，和他们在一起让你感到很舒适。

他们的存在让你感觉自己的人生更加鲜活，他们不仅接受现在的你，还接受并帮助你成为你想成为的那一个人，而且是无条件的。

2. 直面难题，勇往直前

并不是你所面临的困境决定了你是什么样的人，而是你对此作出的回应决定了你是怎样的人。除非你采取行动，否则难题是不会自行消失的。

在恰当的时间去做你力所能及的事，你就会收获成果。千里之行，始于足下。成功的本质就是朝着正确的方向，一步一步地往前走。假以时日，你自然会走到终点。

3. 真诚地面对自己

什么是对的，什么是错的，你都要坦诚地去面对。此外，你还应抱有相同的心态去改变自己。

你想要完成哪些事情？你要成为什么样的人？这两个问题都需要你坦诚地去回答。因为你是唯一一个你能够指望的人，所以你就应该要坦诚地面对人生中的方方面面。向你的灵魂发问，寻求至高无上的真理，你便能认识你自己。

这样，你就能对自己为何处于人生的这个阶段，以及自己是如何走到这步，有个更清晰的理解，不仅如此，你还可以借此更清楚地知道未来的路在哪里，以及如何达到目的地。

4. 把自己的幸福事业放在首要位置

你自己的需求也是很重要的。假如你不珍爱自己、假如你不为自己设身处地地着想、假如你不为自己辩护，那你就走上了一条自我毁灭的道路。

请记住，在照顾到身边的人需求的同时，你也可以满足自己的需求，这是可以做到的。一旦你自己的需求得到了满足，那你就可以更自如地帮助最需要你的人了。

5. 自豪地做最真实的自己

　　假如你渴望成为另外一个人的话，那你就没有善加利用真正的自己。做你自己，而不是模仿别人。做那个有独立思想与特长还有自己的闪光点的自我吧！

　　去做那个令你深信不疑的那个自我吧！尤其重要的，就是真诚地对待你自己，要是你的内心并不认同一件事，那你就该避免此事。

6. 关注当下，并活在当下

　　此时此刻便是一个奇迹时刻。因为只有此时此刻才是你所拥有的货真价实的时光。此时此刻便是生命。所以，不要空想未来的日子有多美好，也不要为无关紧要的往事拿捏不下。

　　学会活在此时此刻中，体验此时此刻中的生活。感激世界赐予你的所有美好吧！就在此时此刻！

7. 珍视自己从错误中学到的经验教训

犯错没什么大不了的；错误是取得进步的基石。假如你没有经历一次又一次失败的话，那只能说明你还不够努力、你没有从错误中吸取经验。

人生本来就是这样子的：勇于尝试，遇到障碍，跌倒了，爬起来再去尝试。不断把自己推向极限、不要停止学习、成长与提升。

伟大的成功，几乎总是在人们经历了漫长的跋涉与无数次的挫败时诞生的。或许，你此时所惧怕的某个"错误"就是通向你的伟大成功的关键所在。

8. 善待自己

假如你平时是严格待己的，而你的一个朋友也以你对待你自己的方式来对待你，那你觉得你能和他继续相处下去吗？你对待自己的方式给周围的人树立了一个标准。只有你先爱自己，别人才会爱你。

9. 享受你已拥有的一切

大多数人所面临的困境，就是觉得当自己达到了人生的某个层次后自然会感觉很幸福。而这一层次便是我们眼中的他人所拥有的东西。如你的老板拥有一间拐角处的办公室，或你朋友的朋友在海边拥有一套别墅。但很不幸，就是你得花费一些时日才能达到这一层次。而且，当你真的实现了这些目标时，你或许早就已经有了新的目标。

如此以来，你便把自己的一生都出卖给不断追求无法被满足的新欲望上了，这使得你根本就没有心思去享受你已经拥有的那些东西。

所以，何不在每日起床时先对自己以及自己已经拥有的东西表示一下欣慰呢？

10. 亲手创造属于你自己的幸福

你若在期望别人给你带来幸福，那你就会与幸福擦肩而过。欲变世界，先变其身。幸福就在于你的选择，为什么不选择微笑呢？

因你自己而感到高兴，让这种积极的心绪伴你走进明天。无论何时，也无论何地，你去寻找幸福，幸福就会向你招手。不要奢求，抓住你所拥有的，你就会幸福。假若你在找寻不属于你的幸福，你得到的就是不幸。

11. 给自己的想法和梦想一次破茧而出的机会

得到一次机会与把握一次机会在人生中可谓是意味深长。你无从知道自己的尝试是否会奏效，但你也知道无作为更不可能会有成效。

大多数时候，你就是要有"豁出去了"的心态去争取一切可能。而且，无论最终结局如何，也不会太差强人意。因为不论是成功还是失败，你都能够从中学到许多东西。

所以，勇于尝试是一种不会亏本的投资。

12. 相信自己已做好了迈出第二步的准备

你已经做好了准备！万事都已俱备，就看你是否迈出关键性的第二步了。若机会向你敞开大门，你怎能不接受挑战？只有这样，你才能成长。

13. 结交志同道合的朋友

与可靠、真诚，同时又与你志趣相投的人交朋友。哪些人是你乐意去相识的？哪些人是你所仰慕的？哪些人向你展现出了他们对你的爱与尊敬？哪些人珍惜你的善意与许诺？这些人便是你最佳的结交对象。

与人交往时，你不仅要观察他们说的话，还要观察他们做的事。行动往往比言语更有说服力。

14. 给新鲜面孔一次深入了解你的机会

你与一些朋友的友谊迟早有走向终结的一天，这虽然听上去很难接受，但却是事实。人们的社交圈与亲密朋友总是在不断变化着的。一些友谊会淡去，一些友谊会增强。

对于不再合适的友谊，那就去淡忘它吧；对于可能增强的友谊，那就去培养它吧。相信自己的判断，结交新的朋友；做好学习的准备、做好接受挑战的准备，更要做好与你人生中的下一个知己相遇的准备。

15. 不断超越过去的自己

受他人鼓舞、感激他人、向他人学习等都是好的，但你要是拿自己与别人作比较的话，那纯粹是在浪费时间。在人生的这场赛跑中，你的竞争对手只有一人，那就是你自己。

你的目标就是不断超越自己，突破自己的极限，做更好的自己。

16. 为他人的胜利欢呼吧

发现别人身上令你欣赏不已的地方并告诉对方。学会欣赏别人会给你带来许多益处，如充实平和。所以，要是别人在进步，你就要为他们感到高兴。

不仅如此，你还要祝贺他们，为他们所取得的成就献出真诚的赞美。这样，他们也会反过来为你的成就呐喊助威的。

17. 发现困境的积极面

当事情不尽如人意，而你又感到灰心丧气时，不妨先深呼几口气，然后去寻找困境的积极面——希望的微弱曙光。没有哪个人不是经历了种种磨难才最终强大起来的。

处于困境时，你要时常想想自己所拥有的东西和曾取得的胜利，让这些积极的回忆坚定你前进的步伐。而最为重要的一点就是不要把注意力放在你还没有得到的东西上，想想那些你已经拥有的东西吧！

18. 原谅你自己，还有其他的人

我们都曾被自己或别人所作的决定伤害过。虽然这样的痛苦经历是很常见

的。但它们有时也会成为萦绕在我们内心深里的一片挥之不去的阴影。

一次又一次经历伤痛，一次又一次地恢复过来，有什么艰难困苦是熬不过去的呢?

原谅是一剂解药——这并不是说你要消除与往事有关的一切，而是说要让那些痛苦与愤慨消失在岁月的尽头。这也意味着你要从不幸中获取有用的经验教训，然后继续你的人生之路。

19. 帮助身边的人。

多关心别人。多给别人提供一些有益的建议。你帮了别人，别人也会帮你的。当你做了好事，爱与善便会像一圈圈扩散开的涟漪那样在你的周围被传递。

20. 听从你内心的呼唤。

如有必要，你可以向比较亲密的朋友或家人征询意见，但你也要给自己留出足够的空间去听从自己的直觉。真诚地对待自己，说出你内心里的真实想法，做你内心所认可的事情。

21. 关注你自己的压力水平，适当作些休整

当你感觉累了、倦了就停下来调整一下，然后你就能以清晰的思路和明确的目标继续工作了。当你忙得焦头烂额之时，即使给自己腾出片刻的休整时间，也能在很大程度上释放你的压力并能提升你的效率。

此外，你在休息时还可以审视先前的卖力工作是否偏离了你的目标。

22. 发现小事的独特之处

不要以为只有像结婚、生小孩、中大奖这些大事才能给你带来快乐，也不要等待此类好事的降临。幸福是要去发现的，幸福就存在于每日微不足道的细节中。

冲一杯咖啡，在清晨里静静地享受；做一道家常菜，细细地品尝此间美味；牵着恋人的手或是与朋友谈心，又何尝不是件快意的事情呢？从日常小事里去发现小小的快乐，会给你的生活带来大大的不同。

23. 接纳不完美

记住，有"完美"的地方，就没有"满意"。假如你想提升自己或让这个世界变得更美好的话，那你所面临的最大的一个挑战就是学会接纳万事万物。

不要给自己或别人，也不要给任何一件事套上一个完美的衡量标准，你要做的就是接受并感激这个世界和所有人以及所有事的真面目。

当然，这不是说要接受一个平庸的人生，而是要在它与"完美"相去甚远之时学会爱、学会珍惜。

24. 每日都要为你的目标奋斗一点点

千里之行，始于足下。不论你的梦想是什么，你都要知道合理地去一步一步地实现它。所以就从现在开始行动吧！

你努力得越多，你就会越幸运。许多人做事总是半途而废，而只有少数精明的人才能做到自始至终地追随内心的呼唤。

这里所说的为你的梦想而努力是指——献出自己的时间与精力直到成功。

25. 保持更开放的心态

当你感到伤心难过时，给自己留出足够的时间与空间从悲痛中走出来。

同时也不要忘了把你的烦恼倾诉给你的朋友或家人，让他们作你的倾听者，把你内心的感受说给他们听。这一小小的举措能让你的情绪有很大的好转。

26. 为你自己的人生全权负责

你的选择和你犯的错误都是你自己的，所以你要有提高和改变的意愿。假如你不对自己的人生负责的话，别人就会替你担起这个责任。而当他们真的做了这样的事时，你就成了别人的想法与梦想的奴隶。

除了你自己以外，没有人可以掌控你的人生。但你也要知道人生之路不可能是一帆风顺的。有谁不遭遇过艰难险阻呢？但你必须得对自己负责，只有你克服了困难才对得起自己。

不对自己的人生负责就没有真正地活过。

27. 培养发展你所珍视的一段关系

真实地活着，真诚地活着。你无法成为每一个人的全部，但你确实可以成为某些人的一切。在你生命中有哪些人是非常重要的呢？那就告诉他们你很在意他们。

而且，你还要进一步培养自己与他们之间的关系。记住，你不需要一堆朋友，有几个知心朋友就已足够了。

28. 改变你能改变的事情

你无法改变一切，但有些事确实是在你的掌控范围之内的。把时间、天赋和激情浪费在超出你能力范围之外的事情上，只会给你带来挫败感、痛苦感，而且事情也不会有什么进展。

你能做的就是把精力放在你能改变的事情上，并且要立刻付诸行动。

29. 看到事物的积极面

即便你有能力完成某事，但假若你一开始就认为自己做不到的话，那你就真的无法做到。克服消极想法和负面情绪的方法就是培养更强大的积极情绪。审视一下你自己的内心世界，然后把消极的想法替换成积极的想法。

不论眼下的情况是怎样的，你都要把关注点放在你想要的结果上，然后采取积极的行动。没错，你无法改变已发生的一切，但你可以改变自己的回应方式。

每个人的人生各有其积极面和消极面——你的关注点是放在积极面上还是

消极面上就在很大程度上决定了你的幸福水平和成就感。

30. 关注你当下的富足感

梭罗曾说过："富足就是全然地体验生活。"即便是在你艰难困苦之时，你都要从长远的角度来考虑眼下的一切。

你无须彻夜不眠，你也无须留宿街头，你可以选择穿什么样的衣服，你可以轻松地过完一天，恐惧感也离你远远的。你有洁净的饮用水，还能享受医疗保障的庇护，你还能够上网，对于一些人来说，你就是富足的。

所以，不要忘了为自己所拥有的一切而心怀感激。

图书在版编目（CIP）数据

愿你和这个世界握手言和 / 夏林溪著. — 北京：
现代出版社，2016.3

ISBN 978-7-5143-4011-2

Ⅰ.①愿… Ⅱ.①夏… Ⅲ.①散文集－中国－当代
Ⅳ.①I267

中国版本图书馆 CIP 数据核字（2016）第 007065 号

愿你和这个世界握手言和

著　　者	夏林溪
责任编辑	赵海燕
出版发行	现代出版社
通讯地址	北京市安定门外安华里 504 号
邮政编码	100011
电　　话	010-64267325　64245264（传真）
网　　址	www.1980xd.com
电子邮箱	xiandai@vip.sina.com
印　　刷	辽宁星海彩色印刷有限公司
开　　本	880×1230　1/32
印　　张	8
版　　次	2016 年 3 月第 1 版　2016 年 3 月第 1 次印刷
书　　号	ISBN 978-7-5143-4011-2
定　　价	32.80 元